KB246926

나도 연애할 수 있을까?

비자발적 싱글에게 권하는 솔로 탈출 노하우

나도 연애할 수 있을까?

우노 타마고 지음 | 이주영 옮김

이야기나무

안녕하세요?
일러스트레이터이자 점술가인 우노 타마고입니다.
점을 보기 시작한 지 올해로 14년이 되었습니다.
그동안 정말 많은 분의 점을 봐 드렸는데요.
저마다의 인생이 다른 만큼 다양한 상담을 했지만
대부분이 연애와 결혼에 대한 이야기였습니다.

"연애는 정말 하고 싶은데 기회가 안 생겨요."
"남자를 만날 기회가 없어요."
"어떻게 해야 남자친구를 만날 수 있나요?"

이렇게 질문하시는, 연애와 이미 멀어져 버린 여성분들이 너무도 많았습니다.
한 분 한 분의 고민을 듣고 점을 보면서 연애 공백기인 여성분들의 패턴과
해결책을 파악하게 되었습니다.
그렇게 해 드린 조언이 들어맞아 공백기에서 벗어난 분들도 많았죠.

이번 기회에 저의 경험담을 알기 쉬운 만화 형태로
독자분들께 전해드리려 합니다.
운명의 짝을 발견하는 데 이 책이 도움이 된다면
무척 행복할 것 같습니다.

⬅ 읽기 진행 방향
(오른쪽에서 왼쪽으로)

혹시 나도 연애 공백기?

해당하는 항목을 체크하세요!

□ 친한 친구들 모두 남자친구가 없다.

□ 영화는 레이디스 데이* 에만 간다.

□ 같은 속옷을 1년 이상 입는다.

□ 특별히 정해놓고 쓰는 화장품이 없다.

□ 주 1~2회 여자들끼리 약속을 잡는다.

□ 혼자서는 매장에 들어가지 못한다.

* 레이디스 데이(lady's day): 일본의 여성 할인 제도 중 하나로 수요일인 경우가 많다. 영화 50% 할인이 대표적이나 쇼핑 상점, 식당 등에서도 할인이 가능하다.

해당하는 항목을 체크하세요!

어디에 뭐가 들어 있는지 잘 모르겠어…

아래는 텅텅

□손이 가는 서랍에만 물건이 가득하다.

집에서 먹자. 돈 아깝게 뭘!

□혼자서는 식당에 들어가지 못한다.

스키장에는 많은 인파가 몰려…
겨울에는 보일러 빵빵한 집이 최고!
아이 따뜻해
후끈
후끈

□계절 스포츠에 흥미가 없다.

화장도 대충~
고등학교 동창들이니 후드티 정도면 되겠지~
인간미 있게!

□친구와 만날 때는 뭐든지 대충한다.

만약에 그 사람이랑 사귄다면 데이트는 분명 이럴 거고~ 간혹 싸우더라도 그이가 먼저 사과하면서 꼭 안아주겠지~ 꺄악!
주절
주절
주절
주절

□상상 토크가 특기다.

앗, 잘못 발랐다 뭐 어때!

소개팅 기념으로 특별히 매니큐어!

팩도 해준다 오늘!

□미용 케어는 꼭 필요할 때만 한다.

해당하는 항목을 체크하세요!

□ 치마가 아예 없다.

□ 분위기에 잘 호응하는 편이다.

□ 휴일에는 집에 콕 틀어박혀서 지낸다.

□ 급하게 생긴 약속은 무조건 거절한다.

□ 팔다리의 털을 내버려둔다.

□ 아무도 집에 들이지 않는다.

해당하는 항목을 체크하세요!

□ 의상 코디가 너무 어렵다.

□ 파스텔 색상의 아이템이 전혀 없다.

□ 청소는 한 번에 몰아서 한다.

□ 집에서는 아무거나 입는다.

□ 약속 당일만 되면 나가기 싫어진다.

□ 그럴듯한 이유를 잘 붙인다.

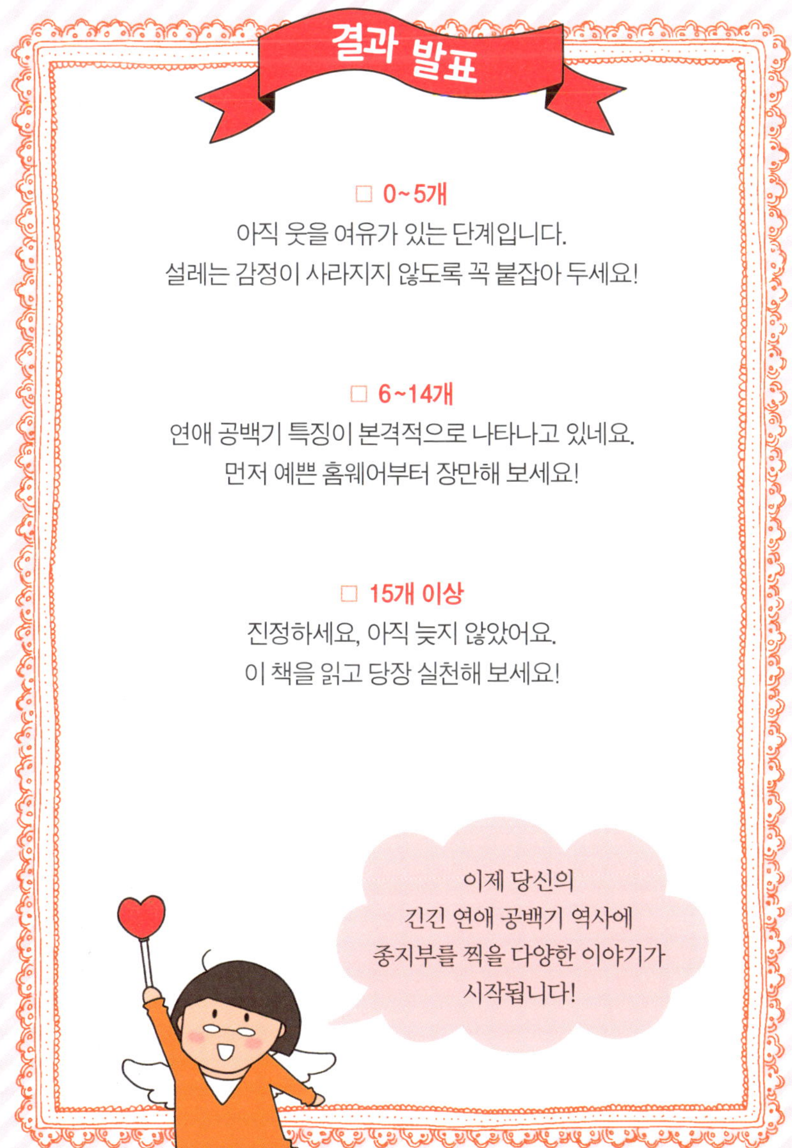

이제 당신의
긴긴 연애 공백기 역사에
종지부를 찍을 다양한 이야기가
시작됩니다!

결과 발표

□ 0~5개

아직 웃을 여유가 있는 단계입니다.
설레는 감정이 사라지지 않도록 꼭 붙잡아 두세요!

□ 6~14개

연애 공백기 특징이 본격적으로 나타나고 있네요.
먼저 예쁜 홈웨어부터 장만해 보세요!

□ 15개 이상

진정하세요, 아직 늦지 않았어요.
이 책을 읽고 당장 실천해 보세요!

시작하며 … 4

혹시 나도 연애 공백기? … 5

type.1

사랑이 뭐지? 연애가 뭐지? 이성에 대한 지식이 너무 부족해!

연애 감정을 모르는 여성 … 13

연애 감정을 모르는 당신을 위한 팁!

type.2

몸도 마음도 아직! 준비가 더 필요해요

언제나 준비 부족인 여성 … 27

언제나 준비 부족인 당신을 위한 팁!

type.3

정신없이 일하다 보니 결혼 적령기를 놓치고 말았어!

연애 타이밍을 놓친 여성 … 41

연애 타이밍을 놓친 당신을 위한 팁!

type.4

만사가 귀찮아! 이렇게 게을러도 되는 걸까?

귀찮은 것투성이의 건어물녀 … 55

귀찮은 것투성이인 당신을 위한 팁!

type.5

내겐 취미, 아이돌, 꿈이 더 소중해

아직 연애할 마음이 없는 여성 … 71

아직 연애할 마음이 없는 당신을 위한 팁!

type.6

사랑도 혼자, 이별도 혼자. 언제까지 짝사랑만 할 거야?

언제나 짝사랑만 하는 여성 … 87

언제나 짝사랑만 하는 당신을 위한 팁!

type.7

지나친 상상은 금물! 항상 혼자 고민하다가 뜬금없이 헤어지지

멋대로 이별을 결정하는 여성 … 105

멋대로 이별을 결정하는 당신을 위한 팁!

타입별로 보는 운명 포인트! … 120

마치며 … 122

역자 후기 … 124

타마고가 알려주는 간단 손금점 … 26, 54, 104

연애운을 끌어올리는 비법 … 40

타마고 이야기 … 70, 103, 126

연애 감정을 모르는 여성

이런 타입:

사랑이 뭐지?
연애가 뭐지?
이성에 대한 지식이
너무 부족해!

친구가 알려준 곳인데
나도 한번
와보고 싶더라고~
점을 보고
싶었다니….
두근
두근
이제
우리 차례인가 봐!
아!
!!!
손금
점
여기야
여기!
내가 말한 곳!
저기요~
연애운 좀 봐주실 수
있나요?
네네~
앉으세요~
연애운.
그럴 줄 알았어….

까아~ 정말요?
너무 좋다.
음, 지금 사귀는 분과
궁합이 좋은 편이네요.
연애운은 전체적으로
좋습니다.
오늘 오길
잘했어
꺄악 꺄악
괜찮으시면
친구분도
손금 한번
봐 드릴까요?
네? 저요?
손금
아니에요.
전 괜찮습니다.
딱히 볼 것도 없고요.
으응…,
근데 난 정말
괜찮아.
모처럼 왔는데
한번 봐봐~
연애운 같은 거~♡
칭얼
칭얼

응! 오늘
같이 가줘서
정말 고마워.♡
연애운이
좋다니
정말 잘됐다.
즐거웠어~
조심히
들어가세요~
감사합니당~
점
추욱
아 그래?
응! 정말로
괜찮으니까
마음 쓰지 마!!
손금
터벅
저…
저기….
며칠 뒤
연애라….
….
우리 자기한테도
말해줘야지~
저기…
저도 한번
봤으면 해서요…
그거….
지난번에
오셨죠!
아!
홱
손금

연애가
뭔지
모르겠어요!
불쑥
어떤 걸
봐 드리면 될…
네네!
여기
앉으세요!
점
누군가를
사귄다는 건
어떤 느낌이죠?
남자란
어떤
존재인가요?
네에!?
까..
깜짝이야
털썩…
좋아한다는 게
뭘까요?
근데요…
죄송해요!
갑자기
흥분했네요!
허걱
뭐지?
아니…
그건….

친절한
알바 점장님!
고교 인기남
A군
반에서
인기 많던 남자애를
보면서 괜찮다고
생각한 적은 있고요,
아르바이트할 때
점장님이 참
좋은 분이라고
느낀 정도?
좋아한다고
할 만한 사람은
없었네요.
흐음~
지금까지
누군가를
좋아한 적이
없나요?
그동안 나의 모습
저는 학교 다닐 때도
남자애들이랑
말을 섞어본 적이
거의 없어서요.
야! 난 쓰레기 좀
버리고 올게
으,
으응!!!
덜 덜 덜 덜 덜 덜
깜짝
그나마도 심부름,
청소 등 학급 일에
관한 대화
초등학교
프프프프린트
안 낼 거야?
타타타타나카
너만 안 냈거든?
빠빠빠빨리 줘….
바들 바들
바들 바들
아, 미안~
까먹었어
중학교
다행히도
고등학교는
여고 진학
여기가 천국~
하하하~
그냥… 남자가
두려웠던 것 같아요.
제대로 말도 못하고
늘 허둥대기만 했죠.

대학에 들어가면
미팅할 기회도 있고
다 같이 어울려
술도 마시잖아요?
그래도
하하..
꿈에 그리던
캠퍼스 라이프!!
술자리는
부담스러워서
몇 번 거절했더니
그 뒤로는 아무도
가자는 말을
안 하더라고요.
쓸쓸한 캠퍼스 라이프였죠
손금
미안 알바 때문에
미안 일이 있어서
미안 엄마가 편찮으셔서
썰렁~~
그렇게
지금까지 남자랑
말도 못해 보고
살았고요.
여자친구도
별로 없어요.
아…
음….
하아
아! 전에
같이 오셨던
예쁜 친구분
있잖아요~
그 남자랑 잘되고 계신지?
네! 마키는
중학교 때 친구인데요,
사람들과 두루두루 잘 지내는
밝은 아이예요.
졸업하고 연락이 끊겼었는데
작년에 우연히
만났지 뭐예요!
금방 다시
친해졌어요
번쩍
마키
남친과는 여전히
잘 지내는 것 같고요
이성뿐만 아니라
동성 친구도 많은
자랑할 만한 친구예요.
후훗
우와 정말
그러네요
마키 씨에게
남자친구를
소개해 달라고 하면
어때요?

제가 연애 경험이
한 번도
없다는 걸 알면
마키도 놀라겠죠.
그건 좀…
마키의 연애는
언제나 근사하고
멋지거든요.
그런 이야기를
들으면
둘이 여행
다녀왔어~
이건
여행 선물
누군가를
좋아해 본 적도 없는
저 자신이
부끄러워져요.
그런 부탁은
못할 것 같아요.
지금 제게
한 말을 그대로
마키 씨에게
해 보세요!
네에엣???
왜 그래야 하죠??
경
직
그건 바로~
연애 조력자를
만들기
위해서죠~ ♡
연애 조력자요?
그래요!
연애는 솔직하게 마음을
전하는 게 정말 중요한데,
그건 혼자서는 하기 힘들거든요.
그러니까 먼저 소중한 친구에게
자기 생각을 전달하는 것부터
시작해 봐요!
연애에 관한 건
내게 맡겨!
듬직
이런 걸 털어놓을 수 있는
친구가 있다는 건
행운이라고요
그,
그렇긴 하지만…
창피한데….
으~
아시겠어요?
이게 바로

당신의
운명
포인트예요!
B
A
운명 포인트
A와 B, 어떤 길로 가겠습니까?
뭐 이런 거죠!
운명을 바꿀 수 있는
기회가 왔다고요!
운명 포인트요?
제가요?
운명을
개척하는 거죠!
하지만 모르고
운명 포인트를
놓쳐버렸다면
스스로
만들면 돼요.
손금
물론 운명 포인트가
저절로 찾아오는
경우도 있어요.
그걸 보통
'타이밍'이라고 하죠.
그렇군요.
흐음

함께
노력해 보는 거야!
소개팅부터
잡아볼게!
친구에게
전부 털어놓고
조력자로
삼을 것인가!
운명
포인트
네. 바로 지금 ♡
당신의 운명 포인트를
만들어야 해요!
이대로 혼자 고민하며
살 것인가!
어떻게
시작해야 하지~
우왕~
반짝
반짝
우와~
여기엔 희망과
가능성이
잔뜩 보여요.♡
으어어어
안 돼!
혼자서
망연자실해 있는
모습이
눈에 선해요.
제 생각에는
모처럼 찾아온
기회를
살려봤으면
해요.♡
어떻게
하시겠어요?
마음이 기우는
쪽으로
결정하세요!
힘내세요.
파이팅!!
이번 기회에
제 운명을
바꿔보겠어요!
정말 감사합니다!
꽈악
덥석
그렇죠…
저의
인생이니까요.
저에게
달린 거겠죠

쭈―욱―
그리고
그래도 솔직하게 말해 주니까 정말 기뻐! 내가 할 수 있는 건 뭐든 도와줄게!
연애 이야기는 언제든 환영
하하…
아니… 음… 연애 이야기를 통 듣지 못했으니까 그럴 거라고 생각은 했는데….
알고 있었다니
조만간 소개팅 자리부터 만들어 볼게! 이렇게 천천히 만나보면 되지!
응!
운명 포인트 1.
연애 조력자를 찾아라!
남친 친구 중에 아주 괜찮은 사람이 있거든~
CLEAR!

연애 감정을 모르는 당신을 위한 팁!

point 1 연애 조력자를 찾아라

이미 남자친구나
남편이 있는 사람을 찾아,
그들 주변에 있는 남성을 소개받는다.
혹은 연애 고수인 친구를 찾는다.

이번에 남친 친구 소개해 줄게.
훈남이야~

주말에는 미팅이랑 소개팅으로 굉장히 바쁠 거야!

믿음직해…

여름에는 서핑, 겨울에는 스노보드죠! 이번에 같이 가실래요?
쉬는 날에는 책을 읽거나 DVD를 봐요

point 2 망설임 없이 이성을 만나자

이성을 대하는 것이 서툴다면
익숙해지는 것이 우선!
너무 깊게 생각하지 말고 분위기에
익숙해진다는 마음으로
다양한 타입의 사람들을 만나보자.
그러다 보면 내게 어떤 사람이 맞는지
알게 된다.

point 3 신경 쓰이는 사람이 있다면 겁내지 말고 도전하자

연애 감정은 사람마다 다르다.
함께 있을 때 즐겁거나 또 만나고 싶다는
생각이 들면 밑져야 본전이라는 생각으로
솔직하게 마음을 전해 보자.
그에게도 좋아하는 감정이 생길지 모른다.

메모
메모
나에게는 활동적인 사람보다 차분하고 느긋한 사람이 맞는 것 같아~
태닝한 남자는 부담스러워!

그 후에 마키를 통해 몇 번 소개받았는데요. 괜찮다고 느낀 사람이 있었거든요.
주말에 바비큐 파티가 있어!
될 때까지 계속 추진할 거야!
뜻밖에도 아주 깔끔하게 해결.
후훗
네? 남자친구가 생겼다고요?
벌써요? 겨우 한 달 지났는데요!
그렇게 정식으로 사귀게 되었습니다.
인생 첫 남친
잘 부탁합니다.
하지만 그분도 저랑 똑같이 연애에 서툴러서요. 어떻게 하면 좋을지 모르겠더라고요. 마키에게 이야기했더니 중간에서 잘 해결해 주었어요.
아… 네…
어때요? 괜찮죠? 확실하게 말해 봐요!
알았어!!
그분 맘에 드는데…
그때 친구에게 말하고 조력자로 삼길 잘한 것 같아요.
네
정말 잘됐네요! 축하해요!!
정말로 운명 포인트였어요!
그 친구분 다른 남자는 더 없대요? 있으면 저도 좀…
쑥덕
쑥덕
물어는 볼게요…
손금
점

타마고는
양손을 모두 봐요
손금

타마고가 알려주는

간단 손금점 1

결혼선 보는 법

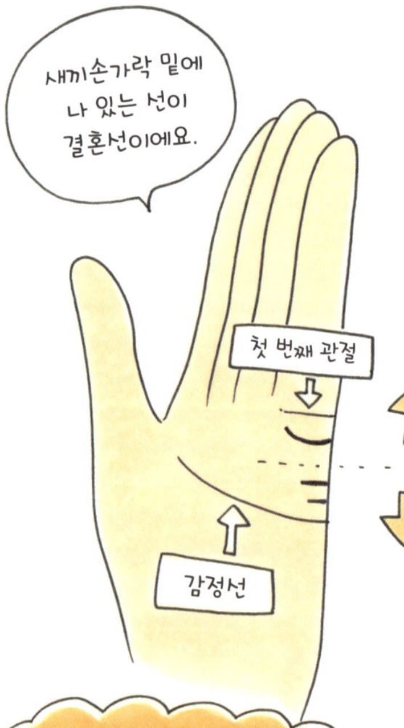
새끼손가락 밑에
나 있는 선이
결혼선이에요.
첫 번째 관절
감정선
결혼선은 자주 바뀌어요!

새끼손가락과 감정선 사이에
나 있는 선이 결혼선입니다.
결혼 타이밍이 가까워질 때나
결혼에 대한 생각이 강해질 때 나타납니다.
첫 번째 관절과 감정선의 한가운데보다

위에 있으면 늦게 결혼

아래에 있으면 일찍 결혼

위로 쑥쑥

모든 선에 해당하는 말이지만
선 끝이 위를 향해 있는 선이
좋은 결혼선입니다.

결혼선은 손금 중에서도 자주 바뀌는 선입니다.
선의 강약이나 유무는 결혼에 대한 생각을
나타내는 것으로, 선이 흐릿한 사람은
결혼에 대한 마음이 별로 없고,
반대로 선이 또렷한 사람은
결혼을 강하게 원한다고 볼 수 있습니다.

요즘 결혼선이
선명해졌어!

선을 따라
펜으로 그려보는
것도 좋아요

type. 2

언제나 준비 부족인 여성

이게 벌써
몇 번째냐고~
이번 달은
완전히 적자구나.
끄응
미팅.
애인 없는
남녀를 위한
만남의 장
자~
오늘의
만남을 위해
건배!!
짠~~
즐거운 시간 보내세요
저 내일
일찍 출근해야 해서
먼저 가볼게요.
네~에~?
뭘 부르지?
좋아요~
앗
죄송해요.
잘 먹었습니다~
자자~
아직 9시밖에
안 되었으니
노래방
어때요~♪
호프
그래서 더욱
만나고 싶다.
우뚝!
운명의 사람을.
이런 모임에서
'다음에 보자'는 말은
대부분 빈말이다.
여러 차례의 경험을
통해 배운 사실.
하하하
명언이다 명언
미팅이라는 건
살면서 그냥
한 번 스치는
인연이라고.
또각
또각
또각
아~
네~
그럼 아쉽지만
나중에
또 만나요.
네 죄송해요.
다음에 뵐게요.

오늘도 망했구나…
대체 어디에 있는 거냐고!
하아
내 운명의 남자는.
달님이시여~~
무슨 고민이라도?
엥?
괜찮으시면 한번 봐 드릴까요?
으악! 들었나 봐!!!
창피해~
허걱
자 그럼 손을….
넵!
잘 부탁드려요!!
피융
저 결혼할 수 있을까요? 결혼하고 싶어요!!!
오옷!
점술 애호가
←결혼선
결혼선도 제대로 나 있고, 만날 기회도 많은데요….

빈틈없는 약속들!!!
미팅
술자리
거리 미팅
술자리
미팅
술자리
이벤트
미팅
미팅
파티
만남
이거 엄청난데요!!!
미팅, 소개팅,
이벤트까지….
스케줄이 진짜 빽빽해요!
네, 많이 만나는 편이에요.
어?
스윽
누군가 작정하고 제 인연을 방해하나 봐요.
으히히히히
저한테 귀신이 붙었나요?
아뇨 아뇨, 그럴 리 없어요!!!
무서운 거 질색
하아-
하지만 아무 일도 없었어요. 언제나 그렇지만….
앗!
혹시 오늘도….
미팅 끝나고 돌아가는 길이에요!
척
아니 그건…
하지만!
요즘에는 조금 지겹기도 하고….
솔직히 이렇게 만나는 것도 피곤해지기 시작했어요.

'포기하는 순간이 바로 시합종료'라고 하잖아요.
제가 좋아하는 만화 대사예요
조금만 더! 소금반 더! 하면서 힘을 내고 있어요!
우왓
긍정적이시다
그런 마음이 중요해요!!
그런 긍정적인 마인드가 좋은 기운을 끌고 오기 때문이죠!
긍정왕
우왕 멋져
좋은 기운
반대로 나쁜 기운은 부정적인 마음을 좋아해요
오홋
정말 인가요?
분명히 좋은 분을 만나실 거예요.
네!
더 노력할게요!
음... 그런데
만남도 잦고 이렇게 긍정적인데 대체 뭐가 문제일까요….
아, 그건 그렇고 오늘 미팅은 어땠나요?
아~
쪼~끔 괜찮은 남자가 있긴 했는데요….
2차를 노래방으로 가게 된 거예요. 그 남자도 간다고 했는데
근데 제가 노래방을 안 좋아해서 돌아와 버렸죠.♡
킥킥
으아아아! 아까워라!!!
벌떡

진지한
분위기에
나도
모르게….
눈을 감고
상상해 보세요.
곰곰…
그건
모르는
일이에요.
엇
거기에서 뭔가
이야기가 펼쳐질 수도
있었는데!!!
에이~
아유~
아니에요.
그럴 리
없어요.
가! 가라고!!
음
어…
그게….
괜찮으시면
둘이서
한잔 더
하실래요?
네에?
미팅에서 만난 분과
분위기가 무르익었어요.
우리 집
고양이에요~
어머
귀여워라
거기서
죄송합니다가
왜 나와요!
나도 모르게
기립
으으
후다닥
엇
으악
죄송합니다!!!

아, 저기…
오늘 괜찮으시면…
그곳에서
두 사람은 빠져나왔고
여전히 좋은 분위기예요.
그,
그렇지만
계속하세요!
눈 감으시고요!
그게.. 그게..
다시 돌아가세요!
집까지
바래다 드리고
싶은데요!!!
네??
하악
호이
호이
주의 : 가상일 뿐입니다.
지, 집이라고???
호, 혹시 그다음은
방에서???
덜덜덜덜덜
왜, 왜냐하면
왜요!
왜요!!!
죄송해요.
그건 안 될 것
같아요.

안 되는 이유 1
오늘 입은 속옷이
짝이 안 맞아요!
(게다가 1년 이상 입었고)
후줄근
너덜
안 되는 이유 2
겨드랑이털도
안 밀었어요!
(겨울이라 방심했더니)
안 되는 이유 3
팔뚝이랑
종아리에도 털이
수북하단 말이에요!
풀밭이라고요!!!
음매~~~~
살랑
…
…
이런
저에게
연애는
무리예요~~~!!!
우와앙
그거
였군요.
네….
흑
흑
흑
원인이…

여긴 볼 때마다
준비 중이야!
준비 중
운명
비유
끝내주는데요!!!
그러네요~
천년만년
준비 중인 가게
아이~
뭘요~
너무
아까워요!!!
계속 이러시면
겉은 멀쩡한데
맨날 '준비 중'인
맛집이랑 뭐가
다르냐고요!!!
만날 기회는
충분한데
너무 몸 사리는 것
아닌가요?
그럴지도 모르겠네요.
만나도 도망갈
구실부터
찾고 있으니까요.
제대로
잘 사귈 수 있을지
불안해서
두려워하나 봐요.
그래도 괜찮아요!
많이 만나보려고
노력하고 있잖아요.
그리고 아까 보여준
긍정적인 마인드는
아주 중요해요.
알았죠?
어, 어떻게 하면
좋을까요? 저, 운명의
남자를 만나고 싶어요!!!
용기….
이제 딱 하나만 더!
운명에 뛰어들
용기만 있으면
돼요!

가꾼다고요?
지금 당장
운명의 남자를 만나
엄청난 기회가 온다고 해도
받아들일 수 없는
상태잖아요?
돌직구
스스로를
가꾸세요!
바로 이것!
그러니
운명의 남자가
언제 찾아오든 간에
그 운명에
뛰어들 수 있게
몸과 마음을
가꾸어 보세요!!!
이렇게까지
말하는 것은
좀 그렇지만
어차피 운명은
정해져 있어요!
계속
방치해 왔네요.
특히 몸을
으윽
네….
어느 부위든
자신만만
마음도
깨끗이
속옷도
깨끗이
면도도
깨끗이
매끈
매끈
축
오픈
빰빠라밤~!!
몸도
마음도….

…라고
결심하면
되겠죠.
엇
지금… 깔끔해진 내 모습을
상상해 봤어요.
다음부터는
운명을 피하지 않을래요!
오오~
역시 긍정적인
마인드!!!
귀여운 속옷을
샀더니 기분이
정말 좋아.
빨리 입어보고
싶어!
카탈로그도
봐야지
후후후
얼른
속옷부터
사러 갈래요!
목소리가
너무 커요….
끄아~
점
감사합니다~
운명 포인트 2.
항상 스스로를 가꿔라!
좋았어!!
다음 모임을 위해
깔끔하게 정리해야지!
스피드
제모
시트
러브러브
브라
CLEAR!

언제나 준비 부족인 당신을 위한 팁!

새로운 속옷을 장만하자

기분은 물론 여성스러움까지 UP
예쁘고 귀여운 속옷을 입자!
운명의 남자를 만났을 때
만일의 경우를 대비해서~ ♡

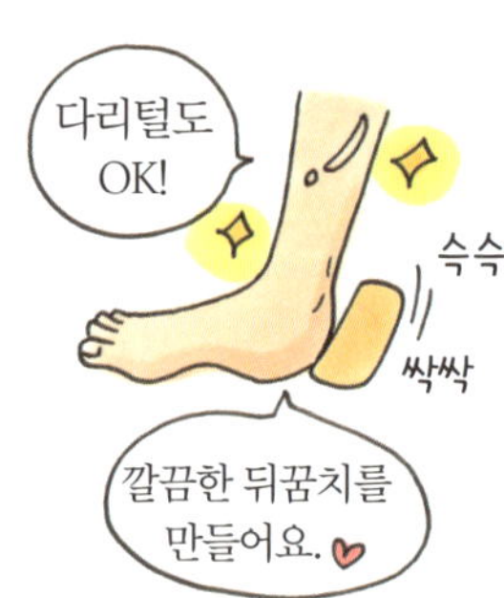

다리털도
OK!
슥슥
싹싹
깔끔한 뒤꿈치를
만들어요.

몸을 매끈매끈 반짝반짝하게

방을 청소하거나
컴퓨터를 업그레이드하는 것처럼
몸의 세세한 부분까지 관리하자!
말끔한 몸으로 자신감도 UP ♡

긍정적인 마인드는 가장 큰 자산!

'나와 잘 맞는 재미있는 사람을 만나
결혼할 거야!'라고 항상 생각하자.
긍정적인 마인드는
좋은 기운을 끌어당긴다. ♡

다음 미팅에서
운명의 남자를
만나게 될 거야!
그럼!
예감이
좋아~
구체적인
이미지일수록
효과가 좋아요.
좋은 기운

안녕
하세요.
오랜만이에요!
혹시 미팅 가시는
중이에요?
아, 아니요.
미팅이 아니라…
데이트 약속이….
부끄
네???
그 말씀은….
네!
남자친구가
생겼어요.
우와~
축하드려요~
잘됐다~
짝 짝 짝 짝
헤헤
그때부터
차츰차츰 나를 가꾸기
시작했어요!
위아래 귀여운
속옷 세트
몸속까지
건강해지는 식단
반짝
제모숍에도 가 보았죠
오오.♡
엄청나게
노력하셨네요!!!
그러고 나니
자신감이 생기는 것
같더라고요.
그 사람을 만난 순간
운명이라는 생각에
제가 먼저
말해버렸어요~!!!
집에 안 들어갈래요!
네?
꽈악
꺄아~
아이참!!!
세상에
부끄럽게~
우와!
상상도
못 했어요!!!
어쨌거나
잘됐네요.
하하하…
네.♡ 그럼
가볼게요.
룰루
나도
마사지 기구나
하나 사볼까….

연애운을 끌어올리는 비법

관엽식물

몬스테라

하트 모양의 잎사귀가 연애운을 높이고
좋은 기운을 가져다 줍니다.

특히 방에 두면 나쁜 기운을 몰아낸다고 하니
강력히 추천해요!

그 밖에도
구슬처럼 작은 잎이 귀여운
그린 네클레스(녹영)도 있어요.

짝사랑 중인 당신에게! 한 사람 노트

그 사람이 나를 알아봐 준다면 얼마나 좋을까요?
누군가를 짝사랑하고 있다면 소중한 그 마음을
노트에 적어 보세요.

포인트는

- 머릿속, 마음속으로 한 사람을 떠올리면서 적는다.
- 그 사람에게 말을 걸듯이 지금 하고 싶은 말을 적는다.

메일이나 손편지를 쓰는 느낌으로,
일기처럼 습관이 들 때까지 적어보세요.

글로 적으면
내가 원하는 것이
무엇인지 확실하게
알 수 있답니다.

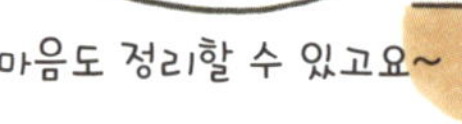

신월*이 뜨는 날
소원을 빌면서 적는 것도 효과적!

*신월(新月): 달과 태양의 황경(黃經)이 같을 때의 명칭으로, 주로 음력에서 그달 초하루 밤에 보이는 달을 말한다.

type. 3

연애 타이밍을 놓친 여성

이런 타입:

정신없이 일하다 보니
결혼 적령기를
놓치고 말았어!

드르륵~
늦어서 미안! 길이 너무 막혀서~
결혼은 안 할 거니?
언니 이거 받아
이모 안녕?
안녕, 미사키.
히로코~ 방석 좀 더 가지고 와라.
엄마
네에.
좋은 사람은 없고?
어느새 42살이 되었지만, 아직 혼자인 나.
이제는 내게 아무것도 묻지 않는다.
뭐, 그게 편하긴 하지만.
채~~~앵
채앵

저녁밥은
어떻게 하지….
밥하기
귀찮은데~
응?
퇴근길도
고단
하구나~
아…
피곤해.
시끌
시끌
덜컹
덜컹
저기…
지금
괜찮을까요?
휙
그럼요!
앉으세요!
앉으세요!
한번 봐 볼까?
빼시시
매일
다니는 길인데도
처음 봤네…
어머?
저런 곳에
점 보는 곳이 있었네.
피곤해
보이시네요.
그럼 잘
부탁합니다.
후유
털썩
인생 자체가
피곤해요.
네???
무슨
일이라도???
후후 농담이에요.
오늘 회사 일이
좀 바빴거든요.
… 근데
맞는 말인지도
몰라요.

고맙습니다.
그럼 제 소개부터
할게요.
저는 올해
42살이고
미혼이에요.
편하게
말씀해 보세요.
손금
얼마 전에
아버지 기일이어서
오랜만에 고향에 갔어요.
전에는 엄마랑 친척분들이
결혼 안 할 거냐고
자주 물어봤는데요.
이번에는 그런 이야기가
뚝 끊겼어요. 처음에는
편하다고 생각했어요.
매번 답해 주기도
귀찮았으니까요
그런데
다시 생각해 보니
아무 말 없는 것도
나름 섭섭하더
라고요!
부들
부들
부들
하
하
하
그래서 홧김에
결혼정보회사
사이트에 가입해
버렸지 뭐예요.
술도
마셨겠다
그깟
결혼!
한다 해!
클릭
클릭
네에?
제 인생은
외로움 그 자체였어요.

그러다가
아버지가
돌아가셨고
그 시기에
아버지가
쓰러지셨고…
제가 장녀라서
부모님을 돌봐드려야
했어요.
28살에
결혼하고 싶은
사람이
있었는데요.
그렇게까지
….
안절 부절
들썩
그 이후로는
싹 다 잊고
일에만 열중했어요.
마음에 둔 사람도
몇 명 있었는데요.
회사와
가족들 일에만
신경 쓴 나머지…
얼마 후에
그 사람과도
헤어졌어요.
우리 애는
게임만 해
말을 하도
안 들어서
걱정이야
정신을 차려보니
여동생은 고향에서
결혼해서
아이도 있고
주변 친구들도
모두 가정을 이루어서…
이 나이 먹도록
저만 혼자네요.

왜
왜
나만….
나는 대체
저 사람들과
뭐가
다른 걸까?
네?
뭐가 잘못된 걸까
생각하면
너무 괴로워서…
자자,
이제 그만
생각하시고요.

지금까지는 생각이 너무 많아서
운명의 기회를 놓친 것 뿐이에요.
운명의 기회요?
네. 손님의 인생은 얼마든지 바뀔 수 있었어요.
그렇게나 중요한 기회를 계속 놓치며 살아왔군요.
온 줄도 몰랐으니
하아—
과거는 모두 잊고 이제부터 바꿔 나가면 되죠!!!
인생은 오늘부터가 중요하니까요!
먼저 머릿속부터 정리해 봐요! 지금 생각이 너무 많아요.
흐음 이렇게 되고
저렇게 되면
그냥 잊어버리자~
졸졸
생각을 흘려보낸다….
앞으로 어떻게 될까? 잘 안 되면 어떡하지? 이런 생각은 한쪽으로 치우고 흐름에 몸을 맡기세요! 머릿속 수많은 생각을 흘려보내요!

그렇게
고민만 하다가는
눈앞의 기회도 못 보고
지나친다고요.
이제는 잡아야 해요!
인생을
바꿀 기회는
주위에 무척
많아요.
결혼정보회사에
덜컥
가입하셨다면서요.
♡
네?
이미
좋은 기회가
생겼잖아요.
그, 그런데
어떻게
그 기회를
….
흐음
그렇군요.
이번에는
잘 잡아보고
싶어요!
헛
술김에
아무 생각 없이
클릭한 건데….
네에???
그, 그렇지만
그건…

게다가 타이밍도
딱 좋잖아요. ♡
하필 그날, 하필 그때의 우연한 행동이 운명을 바꾼답니다!
가입 완료!
좋았어!
우후후~~
클릭
그 클릭 한 방이
고민 없이 만들어 낸
소중한
기회예요!
그럼요! 그럼요!
그 클릭이 운명을 바꾸는
포인트였던 거예요!
연애 모드로 전환!
그 클릭 한 방이
운명이었군요!!
예감이
좋아요
그렇긴 한데….
숨김이지만…
늦은 시간까지
감사했어요
이 생각들이 기회를
차단하는 거겠죠.
다음부터는 열심히
해 볼게요.
꾸벅
앗, 저기
하지만 이번에도
이런저런 생각에
거절하려고
했는데…
실은 그 후로
선이 몇 번
들어오긴 했어요.

지금 정말로 좋은 기운이 온 것 같아요.
이번만큼은 절대로
놓치고 싶지 않아.
그러니까 조금이라도 괜찮다 싶은 분이나, 반대로 손님을 마음에 들어 하는 분을 만나면….
네! 너무 깊이 생각하지 말고 흐름에 맡겨볼게요. ♡
운명 포인트 3.
복잡한 생각은 그만! 흐름에 맡기자!
CLEAR!

연애 타이밍을 놓친 당신을 위한 팁!

너무 생각이 많아지면 잠시 생각을 멈추자

앞으로 펼쳐질 우리의 인생은 아무리 점술가라 해도 알 수 없는 일.
우선 마음을 편히 먹자.
때마침 어떤 흐름이 찾아온다면 그 흐름을 따라가 보는 경험도 필요하다.

저 앞이 폭포라고?
몰라~ 그때 생각하자
둥실
둥실

우연이 아닌 '기회'라는 생각으로 붙잡아 보자

인생은 사소한 우연이 쌓이고 쌓여 만들어진다.
그렇게 생각하면 세상의 모든 일이 소중한 기회가 아닐까?

우연히 지나던 길에
새로운 가게를 발견!
오~
내 스타일이야

기회를 놓쳐도 상심은 금물! 다음 기회를 노려보자

금방 다음 기회가 찾아올 것이다.
마음을 열고 우연이라는 기회를 기다려보자.

요즘 계속 바쁘시네요.
역에서 딱 마주침
후훗
네. 실은 결혼정보회사를 통해 선을 보고 있거든요. 오늘도 약속이 있고요.
후다다닥
그 후로도 몇 번인가 그녀를 봤지만 너무 바빠 보여서 말을 걸지 못했다.
아, 오늘도 뛰어가시네.
깜짝
네에? 두 사람이나요?
이런 적은 처음이라…
어쩐지 예뻐지셨더라
지금 두 분이 진지하게 만나보자고 하는데요.
그로부터 얼마 후
우와 잘됐네요!!! 만날 기회가 많아진 거잖아요!
부끄 부끄
네. 곧 찾아갈게요. 상담 부탁해요.
나도 클릭 한 방으로 결혼까지~
어느 회사를 클릭하신 거지
후아
흐음~ 흐음~
우와아앙~ 정말 축하해요~
사람들의 축복을 받으며 결혼에 골인!
약간 연상으로 자상한 분이었죠
그리고 처음 고백한 남성분과 2년 뒤
사실 처음부터 마음에 들었어요.♡

타마고가 알려주는

간단 손금점 2

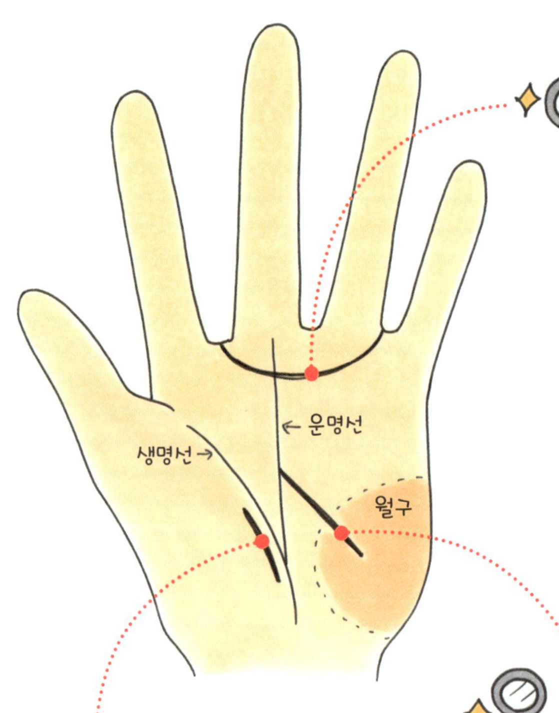

매력이 상승!

금성환

중지와 약지 아래쪽에 그려진
활 모양의 곡선입니다.
이 선이 보인다면 이성에 대한
관심이 전보다 높아졌거나
자신의 매력이 최고조에
이르렀다는 뜻!
좋은 기운이 찾아와
인기가 높아지는 시기입니다.
선명하게 이어져 있지 않거나
희미해도 괜찮으니
꼭 체크해 보세요.

결혼 임박!

애정선

생명선에서 엄지 쪽으로 평행하게
그어진 선으로 연애 중일 때
나타나곤 합니다.
생명선과의 거리가 짧을수록
결혼 시기와 가까워진 것으로
운명의 만남이 다가왔다는 뜻입니다.

파트너 출현!

영향선

월구에서 운명선을 향해 뻗어 있는 선으로
자신의 인생에 영향을 주는 사람을
곧 만나게 된다는 뜻입니다.
지금 마음에 드는 사람이 있다면
이 선이 잘 보이는지 체크해 보세요!
만약 영향선이 잘 나타나 있다면,
꼭 '운명의 남자'가 아니어도 당신에게
영향을 주는 사람과 만나게 될
가능성이 높습니다.

type. 4

귀찮은 것 투성이의 건어물녀

이런 타입:

만사가 귀찮아!
이렇게 게을러도
되는 걸까?

덜컥
오늘은 아는 분의 부탁으로 방문 상담을 하러 왔다.
리코 들어갈게.
주인공은
똑똑
여기까지 오게 해서 미안해~
실례합니다
아니에요.
내 동생 리코야. 21살이고 대학생이야.
삐로──리
뽕
응?
너저분
내가 만난 최악의 귀차니스트.
으아앗!

자라는 대로 내버려 둔 부스스한 머리
잠에서 막 깨어남
너덜너덜한 티셔츠
저 점 보는 거 완전 좋아해서 기대하고 있었어요.♡
고마워요
차 한잔 하면서
전에 언니가 이야기했던 점술가 타마고 씨야.
테이블은 정리했어!
그럼 천천히 이야기 나눠.♡
그렇게 되어 집에까지 오게 된 것이다.
타마고 씨 잘 좀 부탁해~
큰일이네요.
우리 여동생은 일단 귀찮은 것 투성이에 칠칠치도 못하고, 쉬는 날은 온종일 뒹굴거려 남자친구도 없고
그렇게요
너무 걱정이 돼서! 한 번만 와 주면 안 될까?
대강 듣긴 했지만 이건 뭐….
하이고
나왔다!!!
그냥 귀찮아서.
그렇다기보다는
개성 있는 방이네요. 청소에 취미가 없나 봐요?
최대한 좋게 말하는 중
쾅
아무리 봐도 강적이야.
훌짝 훌짝
두근
두근
점이라니♡

준비라니
귀찮을 것 같아서요. 이래저래 준비도 해야 하고.
음~ 등산이 재미있을 것 같은데…
흐ㅡ음
그 애 말버릇이 '귀찮아'야.
특별히 좋아하는 건 없어요? 취미는요?
아하하
귀찮아요.
귀찮아서요.
귀찮아서.
귀찮지 않아요?
귀찮잖아요.
귀찮으니까요.
음~ 귀찮아서 잘 안 나가요. 외출하려면 준비해야 하잖아요.
주말에 외출은 해요?
다른 건요?
조, 좋아하는 동물은요?
No~~~
전부 인터넷으로 해결할 수 있으니 편하잖아요. 귀찮을 일도 없고.
영화나 쇼핑은요?
야외에서 바비큐도 해먹고 싶은데 준비하는 게 귀찮을 것 같고요.
번쩍
!!
오옷!
연애는 어때요?
그렇다면
역시….
나무늘보요. ♡
부러워요~
진짜
헉
헉

여름에는 불꽃놀이,
겨울에는 크리스마스를
함께 보내고
싶어요. ♡
하지만…
주변 사람들 모두
남자친구가 있어서
행복해 보이거든요~
대학생이잖아요.
좋아하는 사람
없어요?
오~
좋은 반응
옳지
옳지
머뭇
머뭇
좋아하는 사람은
없지만 친구들이
연애하는 이야기를
들으면 부러워요~
그, 그래도
연애를 해 보는 게
좋지 않을까요?
예쁜 옷도 사고,
헤어스타일도
바꿔보고
여자로서의
즐거움도
느껴보고요.
지면
안 돼!
휘청…
그리고
청소도 해 보면
역시 준비하는 게
귀찮을 것 같네요.
혼자가
편할 거예요
분명
꽈당
하지만
생각해 보면
귀찮을 것 같네요~~
키득
키득
빠직
어, 어쨌든
결혼하고
싶은 마음은
있죠?
으음~
그렇죠
할 수만
있다면요~
역시!
흐-음
이것저것
잘해 보고 싶은
마음은 있지만
귀찮아요.

* 건어물녀(乾物女, 干物女): 일본의 신조어로, 연애를 포기한 여성을 뜻한다.
만화 『호타루의 빛(ホタルノヒカリ)』의 주인공 아메미야 호타루의 생활상에서 시작된 말이다.

제대로 정돈만 해도 본래의 매력을 불러올 수 있어요!
실은 가장 바뀔 가능성이 큰 사람들이죠!
건어물녀의 경우 지금까지 자신을 위해 노력하지 않은 부분을
삼칠맛이요?
네! 원재료가 가진 고유의 맛이요!
하지만 뭘 어떻게 해야 할지 전혀 감이 안 와서….
정말 중요한 것은
물론이죠! 이제부터 자신의 숨은 매력을 되찾아봐요!
건어물
LOVE
그런 매력이 나한테 있다고?
실천하지 않을 수 없게 코너로 몰아세우는 것이죠.
으아~
그거 움직이는 거예요? 내가 제일 못하는 건데~
자신을 몰아세우는 거예요!
몰아 세운다….

으아아악
코너로 팍팍!
가끔 위기감을 느끼는 것도 중요합니다.
슬쩍
헉
불길한 미래
중얼 중얼
이대로 살면 연애도 못 한 채 쭈욱~ 혼자일 텐데요.
뭐 그다지
무리하게 시키지는 않을게요. 다만…
훗-
먼저 겉모습부터! 예쁜 옷을 사러 가요!
LET'S
Go!
네!
그런 마음 좋아요!
우우
리코 힘내!
으어엉~ 저도 운명의 남자를 만나서 결혼도 하고 따뜻한 가정을 만들고 싶어요~~~
완전 부들부들 귀여운 스타일
정말 이 옷을 입으라고요?
점원 언니가 골라주셨으니까 잘 어울릴 거예요.
질질질
네~ 가시죠~
일단 갈아입어요
쇼핑 귀찮은데….

읏. 네에.
빠샤!!!
겉모습에 신경 쓰는 건 자신감을 갖는 데 매우 중요해요!
아니 그래도~
저요… 이런 옷을 입어본 적이 없어요. 저에게는 안 어울린다고 생각했거든요.
샤 라 락
어머
예쁨~
우와! 역시 귀엽네요! 진짜 잘 어울려요.
무엇보다 먼저 나 자신을 소중히 여기고 자신감을 가져야 해요!
내가 먼저 나를 사랑해야 다른 사람도 나를 사랑할 수 있어요.
그런데 이렇게 귀여운 옷을 입으니 기분이 좋네요.♡
여성스러운 느낌이 이런 걸까요
헤헤

풀메이크업으로
부탁해요!
넵!
굿바이
건어물녀
네! ♡
좋아요!
다음에는
화장품을
사러 가죠!
이번 기회에
사랑받는 여자로
변신해 봐요!
그럼요!
이렇게 예쁜데
귀찮다는 이유로
방치하고 살았다니
너무하잖아요!
정말 잘
어울리시네요~
매력을
끄집어내야 해요!
반짝
반짝
이게 나라고?
화장한 모습은
처음이야
속눈썹이
위로
올라갔어
매력을
되찾는다.
점점 수분을
머금으면서
네!
당당한
여성이
되자고요!

저요…
귀찮아하기만 했지
여자로서 너무
게을렀다는
생각이 들었어요.
네~ ♡
쇼핑이 이렇게
재미있는지
몰랐어요.
꽤 질렀네요.
♡
후훗
부시럭
부시럭
그러려면
일단 행동으로
옮겨야 해요.
잡지에 나온 옷이나
구두를 사는 것도 좋고
뭐든지 좋아요 ♡
하지만 오늘
스스로 얼마만큼
변할 수 있는지
확인했잖아요.
이제부터
새로운 나를 알아가고,
여자로서의 매력도
꽃피워 봐요!
괜찮아요
매번 친구들에게
같이 가자고
하는 것도
미안하고요….
그 미안함을
역으로
이용하세요!
그럴 때는
이제부터
혼자서 하라고 하면
다시 귀찮아질 것
같아요.
근데
어떡하죠
네!!!

끄— 응
하지만 막상
약속 당일이 되면
너무 귀찮고 힘들어요.
으으
아아
이제부터는 모임에도
꾸준히 참석하고,
데이트도 한번
시도해 보세요.
데이트!!
친구가
나를 위해
일부러 시간을
내준다는데
내가 안 가면
안 되겠죠?
그렇군요!!
호오
AM 10:00
치과
PM 12:00
데이트
PM 19:30
회식
그럴 때는 일단
외출할 수밖에 없도록
자신을 압박하는
협공 작전을
써 봐요!
협공이요?
협 공
이런 식으로
예를 들어서
데이트 전후 시간에
일정을 집어넣어서
외출할 수밖에
없도록 하는 거죠!
하, 하지만
또 귀찮아지면
어쩌죠….
그래 봤자
건어물녀
우뚝
그런 작전이라면
저도 가능할 것
같아요!
좋았어!
그렇군요~
즉, 내가 만든 철창에
나를 가두는
작전이에요!
방목금지!
철컹

며칠 후
오늘은 친구랑 점심을 먹고 미용실에 가야지. 저녁에는 미팅이랑….
싫어 싫어 — 잘할 거야!
이런 것도 압박하는 작전 중 하나.
브이
괜찮아요! 그럴 때는 조금 아까처럼 원치 않는 미래를 떠올려 보면….
스멀 스멀
좋았어!
철컹
번쩍
아냐 아냐! 해 보지 않으면 아무것도 변하지 않아!
리코 파이팅!
당일 취소하고 싶은 병
하아
아~ 역시 외출은 귀찮…
운명 포인트 4.
자기 자신을 몰아세워라!
CLEAR!
다녀오겠습니다~

귀찮은 것투성이인 **당신을 위한 팁!**

자기 자신을 몰아세워라

행동하지 않으면 어떤 것도 변하지 않는다.
당장 실행에 옮길 수 있도록 자기 자신을 코너로 몰아본다.
'이대로라면 이렇게 될지도 몰라'와 같은
나쁜 상상으로 위기감을 느껴보는 것도 필요하다.

어질 어질
이대로라면
혼자서…
좋지 않은 미래

외적 변화를 즐기자

지금까지는 패션이나 헤어스타일에 무심했지만
이를 개선했을 때 가장 보람이 큰 타입이다.
혼자 고민하기 귀찮다면
점원에게 코디를 통째로 맡기는 등
프로의 손을 빌려보자.
거울 앞에서 계속 변화하는 내 모습을 즐기자!

협공!
외출할 수밖에 없는 상황을 만들어라

외출 당일만 되면 몰려드는 귀찮음!
약속을 취소하고 싶어질 때는
약속 전후에 일정을 넣어
나갈 수밖에 없는 상황을 만들어라!
어차피 나가야 한다는 생각이 들면
귀찮음이 사라질 것이다.

아,
가기
싫어~~
안 돼 안 돼!
예약했으니까
가야 해!
벌떡

타마고 씨 오랜만이야~
그게 말이지~ 후후후 ♡ 오늘 같이 왔어.
안녕하세요.
우와 우와~ 정말 사랑스러워 졌어요!!!
안녕하세요! 리코 씨는 잘 지내요?
멋져요! 못 알아볼 정도로 예뻐졌어요!
그 이후로 방 청소도 잘하고 있어.♡
우와~ 그렇지?
헤헤헤
미용실도 정말 힘들게 갔어요
그 후에도 역시 몇 번이나 귀찮아했어요. 그렇지만 그때마다 해야만 한다고 스스로 말했어요.
회식 자리 같은 곳도 겨우겨우 나갔더니 남자친구가 생겼어요!
잘됐다!
오오~ 해냈네요!! 축하해요!!!
이제는 저 자신을 몰아세우는 것에 쾌감을 느껴요.♡
정말 잘됐어
헤헤헤
축 건어물녀 탈출!
역시 보통이 아니야….
나도 제대로 좀 하고 살자.
네 여보세요
커트 예약 좀 하려고요.

나도 모르게

그렇게 행복하고
온화한 미소를 짓는데
어떻게 모를 수 있겠어요.

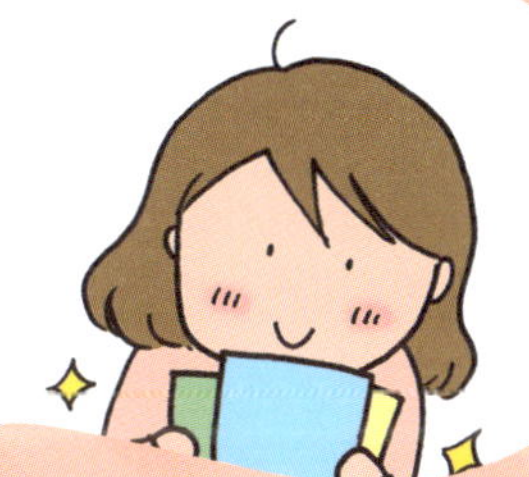

type.
5

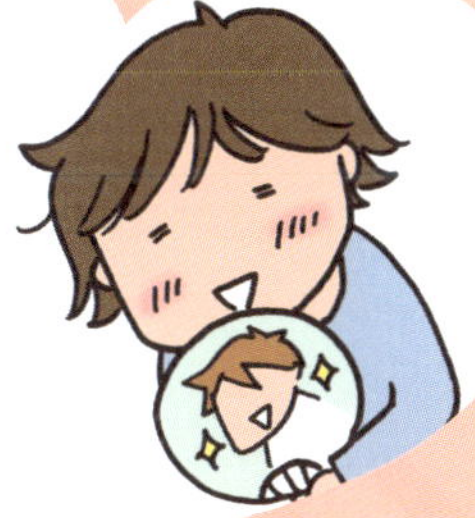

아직 연애할 마음이 없는 여성

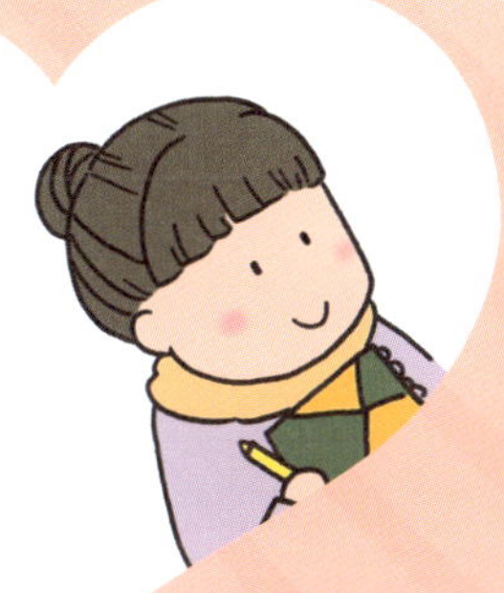

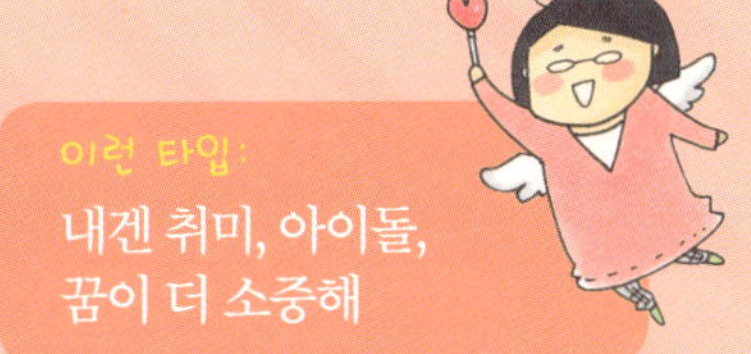

이런 타입:
내겐 취미, 아이돌,
꿈이 더 소중해

다음 주말에 다이빙하러 간다~!
그다음에는 등산 가고
그다음에는 그다음에는
시간이 부족해~
다양한 취미 생활을 즐기는 여성
이것 좀 봐~
콘서트 응원 부채를 구했어
콘서트 때문에 또 적자 날 듯~
다케시
아이돌 그룹의 열렬한 팬인 여성
아, 이런 분위기는….
호로록
지금 그리는 건 판타지 장르로
유니콘이
어쩌고
저쩌고~
그림책 작가가 꿈인 여성
내 친구들은 모두 솔로.
그래도 좀 더 가슴 떨리는 일이 있었으면 좋겠어~
하아~
또 시작이다, 맨날 저런다니까….

언제쯤
만날 수 있어?
나 결혼할 수
있을까?
남자친구는
어떻게
생기는
거야?
점 좀 봐줘!!
언제나
반복할
뿐이다.
여기 모인 내 친구들은
빙글
애인이
필요해~
괜찮아.
취미 생활로
바쁘잖아.
빙글
그래도
역시
외로워!
빙글
이 패턴을
자, 이거.
월간 행복
애정운이
상승하는
별자리
운세
아잉~
그렇게 말하지
말고~
다케시
하아
정말 매번
이런 식이지…
나도 지겹다고.
아니~
이런 거 말고
좀 더 제대로~
확실하게
남자친구가
생기는 거~
왜 또 그래~
똑 부러지는
점을 봐
달라고!!!
그럼
질문이
있는데

엇
움
찔
설령 진심이라고 해도 열심히 움직이고 실천할 생각은 없잖아?
이번에는 진심이야?
찌릿
그, 그렇지만 정말 남자친구가 생기면 하고 싶은 거 할 시간이 없어질 것 같아서….
계속 이러면 남자친구고 뭐고 안 생긴다는 거 알 텐데… 그러면서 역시 나 자신이 소중하다느니….
연애하고 싶다고 징징대지만 결국은 자기가 하고 싶은 일, 재미있는 일이 먼저잖아.
빤히
끙
그, 그건 혼자 해도 재미있으니까.
의자
'남자친구가 안 생겨요' 그건…
진심이 아니기 때문이라고!!!
버럭
쑤욱
어쨌든 간에 남자친구가 있었으면 좋겠다는 너희 마음은 확인했어.
헉!!!

노화 진행 중
게다가 이런 대화를 반복하는 동안에도 너희는 계속 나이를 먹고 있다고!!!
늙고 있어!
쾅
가슴 설레는 것도 필요해~~~
하아~ 연애하고 싶어~
그렇지만 …
난 요가 시작했어 그리고
5년 전
이거 봐~ 새로 데뷔했어~~
반드시 꿈을 이룰 테야
벌써 5년째 이 패턴이 반복되고 있어.
이대로 계속 혼자면 어떡하나 초조하기도 하고 무섭고… 하지만 내 시간도 소중하니까….
무슨 말인지 나도 알아. 시간은 흘러가는데 용기는 점점 없어지고…
또 이런 식으로 5년을 보낼 거냐고.
그, 그건 싫어!!

그러니까
이제부터는
진심을
다해 보자!
이대로는 안 된다고
변하고 싶다고
정말로 생각한다고!
그러니까….
진심?
응!
어떻게 하면
문을 열 수 있어?
그 문
열어보고
싶어!
꿀꺽
운명의 문
서성거리지 말고
짜잔~
운명
저 너머에 있는 운명의
남자를 찾으러 가요!
운명의 문 앞에서
마냥 서성이지 말고
진지하게 문을 열고
나가자고!
운명의 문을 여는
열쇠는…
진심을 다한
결심뿐이야!
해,
해 볼래!

우리
진심으로
잘해 볼게!!!
오오~
드디어
진심을!!
다 같이
운명의 남자를
찾는 거야!
똑같은
5년이리니
이제는 싫어!
그래!
미팅에 나간다고 해도
나 같은 경우는
보통 쉬는 날에
일정이 있으니까~
으음
서핑, 등산,
테니스에…
아침에 학원도
가야 하고…
그거 말고도
많아…
만남의 기회를 자주
만들고 적극적으로
행동하는 게
최고 아닐까?
일주일에
한 번 정도는
미팅을 하거나
회식에
참여하거나
취미 생활에
충실한
여성의 경우
아~ 그런데
진지하게 한다고
말은 했지만 대체
뭐부터 해야
좋을지….
그건 말이야…
'나는 지금 연애할
마음이 없다'
이렇게 보인다는 거지.
이렇게 바쁜데 설마
연애할 시간이 있겠어?
뭐 이런 느낌이지…
맞아!!!
그런 말 자주 들어!
틈이 없다는 게 대체
뭔데? 무슨 뜻이야?
응? 응?
뭐야!
그렇게
취미 생활에
빠져 지내면
틈이 없어
보인다고.
계속
바쁘니까

틈이 없다는 말뜻을 역으로 이용해!
취미가 다양한 너의 상황을 이용하는 거야!
근데… 누구한테 어필하지?
그만큼 다양한 사람들과 만나고 있잖아. 그들에게 도와달라고 하면 돼!
아이고
으악~ 그래서 아무도 말조차 걸지 않는 거였어!
괜찮아!
이제부터 연애할 마음이 있다고 어필하면 되지!
엇 저도 혼자 왔어요.♡
혼자 와서 조금 어색하네요~
같이 갈 친구를 찾지 말고 혼자 다녀봐. 그러면 훨씬 쉽게 말을 걸 수가 있지.
여기서부터 사랑이 싹틀지도
혼자라고?
혼자?
어머! 남자친구가 없었구나! 다음에 친구 소개해 줄게요~
골고루 소개받을 수 있게 커플로 온 사람들에게도 솔로임을 어필하고
의외네요
부러워요
취미가 같은 남자친구를 찾고 있어요~
그렇구나. 만나는 사람이 그렇게나 많았는데… 그들이 내 남자친구와 연결된다는 건 생각도 못 했어.
기회가 무척이나 많았구나
취미가 많으니까 만남도 버라이어티!
애인 있는 사람들
발이 넓어진다
두 명에게 소개받을 수 있음!
연배가 있는 분들
자신과 비슷한 여성
우리 아들 어때?
취미 활동 덕분에 만날 기회도 많을 테니 최대한 잘 활용해야지!

*굿즈(Goods): 연예인 또는 애니메이션과 관련된 파생 상품.

남자친구 만든다며!
5년 뒤에도 똑같은 건 싫다고 했잖아?
으응.
지금까지 충분히 샀으니까 지금부터는 남자친구를 만드는 데 필요한 밑천으로 쓰자고!
그래도~
빡-빡
돈을 굿즈로 환산하는 것 금지!
그래! 다케시와 남자친구 둘 다 얻으려면 어느 쪽도 소홀히 하면 안 돼!
절반씩이라고 해도 네가 들인 노력은 합쳐서 100%라고.
절반으로 충분하다고?
다케시에 대한 마음은 절반으로도 충분하니까 미래의 애인을 위해 투자해.
따끔
아이돌 = 다케시
둘 다 소중히 하면서 남자친구도 찾을 거야!
파이팅!
꺄~
나 좀
짱인듯
두 마리 토끼를 모두 잡는 작전!
콘서트와 굿즈에 절반만 소비한다!
나를 가꾸기 위해 미용에 투자한다!
만남을 위한 행동에 투자한다!
짜잔
좋아! 이제부터 어느 쪽도 포기하지 않고 진지하게 움직여 볼래!
응!
그건 그러네….
한쪽을 골라야 한다면 괴롭지만, 둘 다를 위해서라면 할 수 있을지도 몰라.

하아—
애물단지가
또 있었어…
나에게는
하나도 없다,
이 말이지~
둘 다
소중히
한다?
남자친구 찾아올
테니까!!
기다려 줘
다케시!!
후유
….
일단
정리 완료
양쪽 모두 택했다가
만약에 좋은 작품을
쓰지 못하면
어떡해~ 무서워.
이 봐
연애하는
편이
네 작품에도
좋을걸?
꿈을 이루려는
여성의 경우
작가를 꿈꾸는
내게 연애는
사치겠지.
어째서?
아냐,
아냐.
그렇지 않아!
빽
빽
!
잠깐만!
그건 해 보지 않으면
모르는 거라고!
우
와
앙
난 사랑에 빠지면
그 사람밖에 보이지 않는단
말이야. 꿈을 버릴지도 몰라!!!
그것만은 안 돼!!!
하, 하지만
꽈
악

꿈을
이룰 거야!
결심….
나도
연애할 거야!
경험해 보지 않은 일에
불안함을 느끼는 건
당연해.
하지만 해 보고 싶고
알고 싶은 그 기분이
중요한 거야!
남자친구를 찾고 싶다고
결심한 너 자신을
믿어봐.
그럼 연애를 해도
괜찮을 거라고 믿고
좀 더 욕심을
가져 봐.
욕심?
물론이지!
나 자신 있어!
게다가 꿈을 위해
지금까지 잘해왔고
앞으로도 그럴 거잖아?
너 자신을 믿고 있지?
번쩍
그렇지! 그렇게
결심하면
너의 꿈을 함께
응원해 줄 사람을
꼭 찾을 수
있을 거야!
응!
덥석
꿈…
남자친구….
응! 둘 다 필요하다고
솔직하게 말해 보는 거야!
그래. 맞아!
나는 둘 다
갖고 싶어!

운명 포인트 5.

5년 후의 모습을
상상하며 진심으로
결심해 보자!

아직 연애할 마음이 없는
당신을 위한 팁!

아무것도 하지 않으면 5년 후에도 같은 상황이라는 것을 깨닫는다

'연애하고 싶어!' '남자친구가 필요해!'
작년에도, 재작년에도, 해마다 같은 말을 되풀이하는 당신!
지금부터라도 진지하게 실천하지 않으면
5년 후에도 크게 다르지 않을 것을 깨달아야 한다.

마음속을 진지하게 들여다보자

마음은 진지하지만 행동은 이에 미치지 않을 때가 있다.
그런 경우에는 왜 행동에 옮기지 않는지를 진지하게 생각해 보자.
그리고 해야 할 행동 중에서 가장 장벽이 낮고
당장 시작할 수 있는 일이 무엇인지를 찾아보자.

내 욕심에 솔직해 지자

'지금은 일이 바빠서 연애는 좀….'
'시험을 앞두고 있어서 연애는 나중에….'
이렇게 무언가를 이유로 연애를 포기하고 있다면
자신의 기분에 솔직한 욕심쟁이가 되어 보자.
당신의 기분을 인정해 줄 수 있는 사람은
이 세상에 당신밖에 없으니까.

이상형이 막연할 때는 노트에 적어 보자

원하는 이상형이 떠오르지 않으면
'이런 사람이면 좋겠다'고 구체적인 그림을 그려보자.
이렇게 시각화하면 그런 사람이 현실에 나타났을 때
당신의 안테나가 저절로 그의 존재를 감지할 것이다.

틈이 없다는 말을 듣는다면 연애하고 싶다고 주위에 어필해 보자

어느 정도 나이가 찬 여성에게 '남자친구 있어?'
'사귈 마음은 있어?'라고 물어보기란 쉽지 않다.
나 스스로 연애하고 싶다고 밝힘으로써
주위로부터 소개받기 쉬운 분위기를 만들어 보자.

지금의 내 모습을 유지하면서 새로운 환경을 만들어 보자

아이돌에 열광하는 여성에게
'이제 아이돌은 그만! 남자친구를 만드는 데 집중하자!'
라는 말은 기분만 상할 뿐 효과가 없다.
취미 활동을 유지하면서도
연애에 관심을 가질 수 있도록
마음의 여유를 만들어 보자.

연애할 마음을 보이자마자 여기저기서 인기 폭발! 취미 활동에 더욱 충실하게 됨.
아잉 어쩌면 좋아. 이 사람도 멋있고 저 사람도 괜찮은데~
곤란하게 됐네~
플리마켓에서 얼굴만 알고 지내던 남자에게 고백을 받아 단번에 연애에 성공.
그 사람 덕분에 일에 의욕이 생기다니 신기해.
괜한 걱정을 했어!
5년 후에는 우리 모두 운명의 남자와 행복해지자!
담당 미용사에게 한눈에 반한 나머지 끈질기게 구애 중.
좋아하는 사람 따라다니는 건 내 특기니까.♡
너무 멋져~
꼭 잡을 거야 내가!
남친
다케시
남의 사정만 챙기지 말고 너도 연애 좀 해.
걱정이야~
너만 뒤처진다
알고 있다고!
움찔
내버려 둬!
그런데 말이야….
우와~ 정말 잘됐다~
축하해
모두
짝짝
짝짝

type. 6

언제나 짝사랑만 하는 여성

이런 타입:

사랑도 혼자,
이별도 혼자.
언제까지 짝사랑만 할 거야?

아~
후루룩
힐끔
힐끔
엇
왔다.
슬슬 일어날까
흐음
흐음
하하하하
오늘도 멋져. ♡

저 컵을
집에 가져가고
싶다.♡
저기
보는
것만으로도
좋아.♡
감사합니다
어제도 오늘도
그리고 내일도
멋질 거야.
런치 세트
750엔입니다
저기요!!!
잠깐만
앉아볼까?
콩
아~
그의 온기가~
헤헷
…
저~
그가
앉았던
자리
벌떡
죄송합니다!
금방 드릴게요!
죄송하지만
커피 리필 좀 부탁해도
될까요?
엇? 네네!
휙

내일도 오겠지. 그리고 언제나처럼 런치 세트를….
저기요~
안 돼 안 돼
지금은 일하는 중이라고!
으쌰!
하아
아~ 그 사람 생각만 하고 있었네. 정말 바보 같아.
철컥
오늘 정말 감사했어요!!
기운 나네요
아유 그럼 다행이고요.♡
속 시원하네
이런 바보….
아! 죄송해요!!
괜찮으세요? 그나저나 커피…
또 시작이야
혹시 점술가님이세요??? 정말요?
쑤욱
어머나!!
고민이 생기면 언제든지 점 보러 오세요.
네! 앞으로도 잘 부탁해요!
^0^ 먼저 일어날게요~

저 30분만
있으면
아르바이트
끝나거든요!!!
아니 저기…
저도요!
괜찮으시면
저도 좀
봐 주세요!!!
네?
여기서
자주 상담하니까
당연히 아는 줄
알았는데….
네…
맞아요.
다른 장소로 이동
갑작스럽지만
잘 부탁합니다. ♡
네….
그럼 이따가
잘 부탁드려용~♡
꺄르르
아니!!!
오늘 제 옆에서
점심 드셨던
회사원 아닌가요?
아~
푸흡
혹시요
어떤 걸
봐 드리면
될까요?
대충
알 것 같지만
연애운이요!!!

귀찮으니까
설명은 하지 말자.
빤히
빤히
하하하
글쎄요
어떻게 알까요
역시
점술가님!
아니…
어, 어떻게 아셨어요?
웃는 얼굴이
너무 멋지고요.
런치에 딸려 나오는
수프를 항상
먼저 드시고
카페 근처에 있는
사무용품점에서
일하시는 분인데요.
거의 매일
점심을 먹으러 와요.
오오
어떤 분인지
물어봐도
될까요?
아, 네!!
뭐라고요?!!!
그게 다예요. ♡
엇
꺄악
손끝이 지저분해서
살갗이 늘
일어나 있어요.
그런 것도
정말 멋있어요. ♡
네,
그리고요?
음음

네에?
그 사람을
보면서 이런저런
상상을 하거든요.
눈 감으면
떠오르는…
아뇨, 저는
그냥 바라보는
것만으로도
좋아서
헤헤헤
그게 전부라니요?
이름이나 생년월일이나…
이런 게 없으면
궁합은 못 봐요.
아니야!!!
그건 아니야!!!
북
북
북
오늘 런치 세트도
맛있었어
다행이야
땡~
땡
상상 속에서
그분과 저는 언제나
꼬옥 붙어 있어요.
호호홋
아~ 얼마나 근사해요~
그때부터
우리 가게에 왔죠
그 회사가
직원 이동이
잦은 듯해서요.
그 사람도 온 지
3개월밖에
안 되었어요.
그 사람을
언제까지
볼 수 있을지
궁금해요.
아 그건요
그건 상상일
뿐이잖아요!
연애운을
보고 싶다는 게
설마….

느닷없는 질문일지도
모르지만 이전에도
좋아했던 사람이….
두근
두근
이런 게
연애라고?
아니….
그 사람을
볼 수 없게 되면
이 연애도 끝나는
거니까요.
그, 그
사람하고는….
꽃집이
망했거든요.
오빠가 이 동네를
떠나면서
끝나버렸어요!
망하는 거
한순간
이더라고요
자~ 오늘은
거베라
꽃이야
있었어요.
카페 앞에 있던
꽃집 오빠요. ♡
너무
멋졌어요
(상상 속에서)
언제나 저에게
꽃을 선물해 주셨죠.
여기 휴대폰
이것도
상상이겠지.
툭
허둥지둥하다가
휴대폰을 떨어뜨린
거예요. 그걸 그 사람이
주워줬고
그때부터 둘이…
꺄악! ♡♡
꺄악
후루룩
그, 그 전에는?
덜컹
덜컹
항상 같은
지하철을 타는
회사원이었어요. ♡
어느 날 아르바이트에
늦었는데…

그럼
고백해
본 적은요?
없습니다!!!
후훗!
그렇겠죠….
물어보나 마나지만
그 뒤로는
어떻게?
언젠가부터
지하철에서
안 보이더라고요.
그렇게 끝이 났죠.
끼익
그렇게
상상만 해도
괜찮은가요?
예를 들어서….
눈앞에서 사라져도
시간이 지나면
금세 잊혀지고요.
그 정도면 됐다~
이런 생각이….
그렇지만
무섭잖아요.
고백해서 잘 안 되면
불행해질 것 같고….
상상만 해도
충분히 즐거워요.
편하기도 하고.
정말로
괜찮냐고요!
하지만
그거야말로
상상일
뿐이잖아요.
그 사람과
어떻게 되고 싶은지
내 안의 목소리를 들어주세요.
상상이 아닌 진심을요.
…

하지만 안 될 게 뻔하니까요. 상상 속에서라도 행복해지고 싶어요.
현실은 냉정하잖아요.
사실은…
사실은 대화를 해 보고 싶은데요….
그렇지 않아요. 우리는 상상 속에서 사는 게 아니잖아요.
매일매일 착실하게 살아가는 건 지금도 앞으로도 행복하기 위해서예요.
행복한 상상도, 지금 느끼는 연애 감정도 현실에서 이루어 보세요! 실제로 경험하는 게 분명히 더 즐거울 거예요.
정말로 행복해지고 싶다면 상상의 세계에서 한 걸음만 움직여 보세요!
괜찮아요!
지금 서 있는 곳에서 딱 한 걸음만 움직여 보는 거예요!
한 걸음….
벌떡
자, 그럼

그 남자가 있는
가게로요. ♡
아직 안 닫았네요.
으악!!!
가 볼까요?
가다니요?
어디를요?
어…
저기…
그게….
바시락
바시락
지금
있어요?
자자, 가 봅시다!
쇠뿔도 단김에
빼야죠!
으아
그래도
저기….
오늘이
길일!
타박 타박 타박
안녕히
가세요~
네에?
홱
한 걸음
전진! ♡
마감
준비를
하시나 봐요~
자, 어서
가 보세요!
척
아, 있어요!
지금 나왔네요!
오!
나이스
타이밍!

지금
서 있는 곳에서
한 걸음 움직이는 게
중요해요.
그렇게
한 걸음 한 걸음
가다 보면 새로운
세계에 도착해
있을 거예요!
못해요!
못해요!
절대로 못해요!!!
잘할 수 있어요!
상상 속에서 발을
떼야 해요! 딱 한 걸음만
움직여 봐요!
툭…
괜찮다니까요!
제가 뒤에서
밀어드릴게요.
씨익
한 걸음….
비틀
비틀
비틀
어머!!!
아…
저기….
아아!
카페에서 일하시는!!!
으어어
휘청
휘청

상상했던
것보다
더…
내일도
점심 먹으러
갈게요.
런치 세트
맛있게 먹고 있어요.
어머…
상상이랑
다르네.
지금
들어가세요?
아 네!
어떠셨어요?
다다다다다다
반짝
반짝
훨씬…
그럼 저는
하던 일이
있어서.
네…
조심히
들어가세요
오오
조심해서
들어가라고도
했어요.
상냥해. ♡♡
런치 세트
맛있게 먹고
있다고 하면서!!!
내일도 먹으러
가겠다고
했어요. ♡
꺄악
꺄악
상상했던 것보다
훨씬
자상했어요!!!
어쩜

지금 서 있는 곳에서
계속 머무르지 않고
네!!!
용기 내길
잘한 것 같아요!
그럼요
잠깐 이야기를
나눈 것뿐인데도
이렇게
행복하네요!
현실도
나쁘지
않다니까요.
한 걸음만 움직이면
새로운 세계가
다가온다!
내일은 제가 먼저
말 걸어볼 거예요!!!
운명 포인트 6.
지금 서 있는 곳에서
한 걸음만 옮겨 보자!
CLEAR!

언제나 짝사랑만 하는

당신을 위한 팁!

point 1 지켜보는 건 이제 그만! 그에게 다가갈 방법을 생각하자

모처럼 좋아하는 마음이 생겼는데
지켜보는 것으로 끝내지는 말자.
상상을 하더라도 꿈꾸는 듯한 상상이 아닌
'어떻게 하면 가까워질까?'와 같이
현실적인 행동에 대해 생각해 보자.

point 2 중요한 건 내 마음! 어떻게 하고 싶은지 자신에게 물어보자

내 마음이 원하는 건 무엇일까? 어떤 관계를 원하는 걸까?
망설여지고 고민될 때는 일단 자신에게 물어보자.
자문하는 습관을 들이면 냉정하게 생각할 수 있다.

point 3 지금 서 있는 곳에서 한 걸음 전진하자

언제나 같은 장소에서 애태우는 당신.
그렇게 해서 변하는 것은 하나도 없다.
지금 서 있는 곳에서 한 걸음 움직여 보자.
전혀 예상치 못했던 새로운 일이 다가올지도 모른다.
먼저 그 '한 걸음'부터 시작하자!

그러네요
아 배고파
아, 네.
그게 좀…
앗! 그분이 오셨는데요!!!
오랜만이에요
앗
어서 오세요. 오늘도 약속 있으세요?
네! 그전에 점심부터 먹으려고요.
뭐요?!!
그때부터 저 후배분을 데리고 오시는데요….
응?
힐끔
힐끔
저분… 부인이랑 아이도 있더라고요.
메뉴
소곤
후배랑 같이 온 듯
소곤
일단 한 걸음부터!
갈 테야
나도
잘됐네요! 현실을 포기했으면 어쩔 뻔했어요!
네! 그때 한 걸음 움직인 덕에 이렇게 된 것 같아요. ♡
그런데 저분이 저에게 관심이 있다고 해서… 지금 잘되는 중이에요.
오오
첫눈에 반했다나
꺄악

기쁘지 않아요

이런 나도
연애하면
어여쁘게…

엉~엉

타마고가 알려주는

간단 손금점 3

당신은 어떤 타입인가요?

감정선

배려심 있는?

질투가 심한?

감정선이 길게 위로 향해 있으면
자신의 기분을 잘 전달하고, 애정 표현이 풍부한 타입입니다.
커뮤니케이션 능력이 매우 뛰어나다고 할 수 있죠.

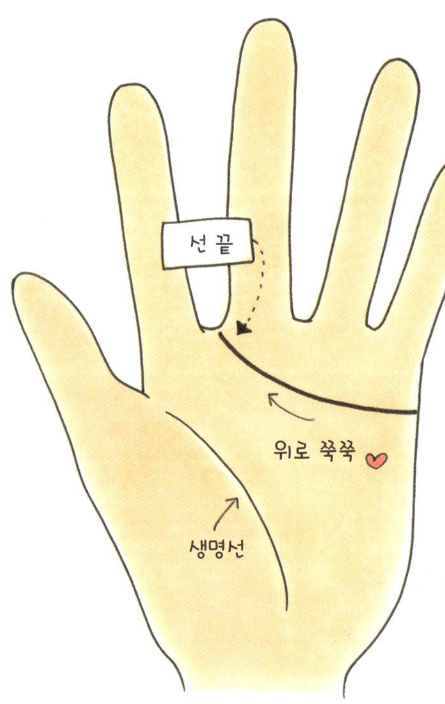

감정선의 끝에서 알 수 있는

배려와 헌신

감정선의 끝이 세 갈래로 나누어진 사람은
상대방을 깊이 헤아리는 사람이라고 합니다.
또한, 검지와 중지 사이까지
선이 이어져 있으면 보다 이상적인 형태로
희생정신이 강한 타입입니다.

끝이 갈라져 있지
않아도 길게 위로
뻗어 있으면 OK

반대로

감정선이 짧으면 애정 표현이 서툴고
차가운 인상을 줄 수 있습니다.
감정선이 짧다면 한두 마디씩
사랑이 담긴 말을 자주 전해 보세요.
상대방과의 관계가 잘 풀릴 것입니다.

type.
7

멋대로 이별을 결정하는 여성

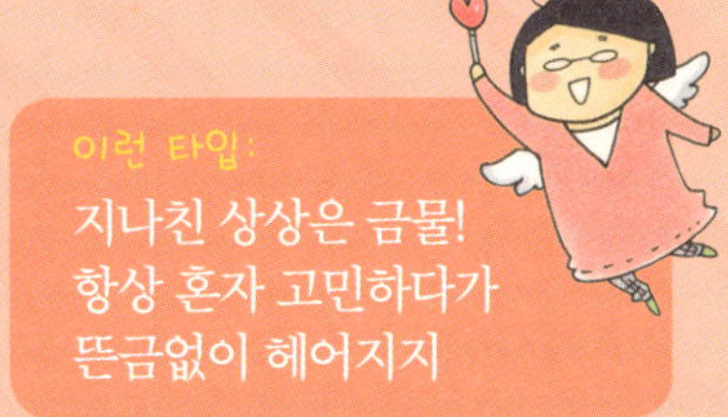

이런 타입:
지나친 상상은 금물!
항상 혼자 고민하다가
뜬금없이 헤어지지

거참 이상하군
으음
으음
실례합니다.
점을 좀….
저기요….
흐-음
만날 일이 없구나
내 손금이나 한번
심심한데
손금
점
어슬렁
어슬렁
3개월 전
만날 기회가 없다니까요~
혹시 전에….
네 맞아요. 전에 한 번 왔었어요.
겨우 기억하셨네…
죄송해요. 봐 드릴게요. 어엇?
으앗!!!
홱
다음 달부터 만남운도 아주 좋아요! 그러니까 사람들을 많이 만나보세요!
포기하기엔 너무 아까워요!!
지금처럼 남자도 못 만나고 살아갈 순 없어요.
아니에요. 괜찮아요. 그럴 일은 없어요!
앗
이거 봐요! 결혼선도 깔끔하게 있잖아요!!!
추욱

부들 부들
잘됐네요!!!
어머? 저기요….
오 오
어떻게 지내셨나요?
그 이후로 괜찮다 싶은 사람을 만났는데요….
아마 이런 분위기였죠?
그러니까요!
아무것도 안 하고
이대로 포기하는 건
싫어요!
기운 낼게요
도대체 어떻게 해야 사귈 수 있는 건가요?
우와앙
허걱!
저기, 일단 얘기부터 들어볼게요. 좀 앉으세요, 네?
크응 으흑 으흑 네에….
거기는 청주가 정말 유명하거든요!
오~ 맛보고 싶어요. ♡
둘 다 술을 좋아해서 이야기도 잘 통하고 재미있었어요.
그 사람하고는 지난달에… 친구 소개로 술자리에서 처음 만났는데요.
죄송해요. 갑자기 질질 짜고!
아니에요. 신경 쓰지 마세요!
훌쩍

지금 그런 상태예요.
오~ 좋은 예감이 드는데요?
거기도 술이 맛있더라!
그때부터 둘이서 SNS와 연락처를 교환하고…
우와 정말? 나중에 꼭 같이 가자!
다 같이 한번 가자. ♪
다 같이 한번 가자. ♪
'다 같이'라니! 나한테 아무 생각이 없는 건가???
단둘은 싫다?
그 '한번'이 대체 언제냐고!
몇 월 며칠 몇 시 몇 분?
빡
하나도 안 좋아요!!!
허걱….
그런… 거예요?
훌쩍
끄덕 끄덕
네에! 네에! 그런 거예요!!!
그분도 분명 즐거웠으니까 이렇게 메시지를 보낸 거겠죠.
다 같이 가자는 건 오히려 배려해 주는 거예요.
편하게 오라고
뭐라고요? 겨우 그런 걸로??
이럴수가!
이제 자신이 없어서 메시지도 못 보내겠어요!
으엉

허걱!!!
네???
아… 네….
그러면 먼저
메시지를 보내봐요.
몇 월 며칠에
가지 않을래?
하고. ♡
사실은
단둘이
가고 싶은 거죠?
아니
그래도
기다려
보는 게…
고민하는
중일지도
모르고.
네! 여기가
바로
운명 포인트
입니다!
'자신이 원하는
모습으로
변하는 것'이죠!
엇
제,
제가요?
네. ♡
좀 전에
단둘이 가고
싶다면서요.
변한다…
고요?
상대방을
어떻게 하기보다
스스로 변하는 편이
훨씬 빠르답니다!
진짜로!
당연히
메시지를
잘 보내는
쪽이죠.
'이런저런 고민으로
메시지를 못 보내는 자신'과
'생각을 잘 정리해서 보내는
자신' 중에서
어느 쪽이 되고 싶으세요?

다음 주에 시간 돼?
전에 말했던 술집에
같이 가지 않을래?
보내기!!!
쿡
에잇!
물론이죠. ♡
생각한 대로 바로 행동에
옮기는 습관은
아주 중요해요!
그렇게
서서히
변해가죠
습관!
그렇군요~
그러니까
한번
보내봐요!
헉
지금요?
저기 근데…
맞다…
오늘 정말로
감사합니다!
제가 원하는
저의
모습이군요!
벌떡
조심히 가세요
'우물쭈물 고민하던
자신'에서 '메시지를
보내는 자신'으로
변했기
때문이에요!!!
잘했어요!
메시지 하나
보낸 것뿐인데
왠지 속이
시원해졌어요!
기분 좋아요
휴~
2주 후
고민이 생기면
또 와도 될까요?
방긋
물론이죠!
남자친구가
생길 때까지
같이 노력해 봐요. ♡
좋은 소식
기다리고 있을게요
손금

아!
오랜만이에요!
그때 데이트
잘하셨어요?
그나저나
안색이 너무
안 좋으시네요….
추-욱
다…
다?
답장이 없어요!!!
아직!!!
우아앙
털썩
네?
얼마나 됐는데요?
뜨-아
하루하고도
반이요!!!
…
그 정도는 보통이죠~
그냥 일이 바빠서
답장 못 한 게
아닐까요?
네?
그런가요?
보통?
종종 있는 일
그때 둘이서
술은
마셨어요?
네!
지난주에
갔어요.
이번에도
술 이야기로
분위기가
좋았고요.

하지만
다음 약속을
정하지도 않았고
제 메시지에도
답장이 없어서
하―아
또 보고
싶고….
그런 마음
아주 좋아요!!!
저, 저는요…
정말 좋거든요….
같이 있으면
재미있고
이거
맛있네~
상대에게 답장이 오면
우왕
메시지를 보내도 됨
설마 이런?
에~이,
그런 게 어디 있어요~
노노
그렇지만
답장도 없는데
먼저 보낼 수는
없어요!
그렇게 신경 쓰이면
먼저 보내면
되잖아요.
어쩌면
좋을지~
요즘 바빠?
이렇게
히익
엥?
들켜도 괜찮지
않나요?
창피해!
뭐라고요!!!
그렇게
자주 보내면
제가 좋아한다고
생각할 수도….
삐질
삐질
하지만
알았죠?
너무 깊이
생각하지 말고
보내고 싶을 때
보내세요. ♡

남자들이
둔감하군요.
벌써 들킨 기분이 들겠지만
의외로 남자들은
잘 몰라요.
이렇게 고민하는 줄도
모를 거예요.
맞아요! 맞아요!
자신이 없고
승산이 없으면
움직이지 않는
남자들이
많아요.
진심
안타깝죠
그러니까 지금은
먼저 다가가 보세요!
좋아하는 마음을 어느 정도
전달해야 이야기하기
편할 거예요!
괜찮다니까요
답장 때문에
신경 쓰여서
회사에서도
몇 번이나
휴대폰을 보고…
그런데 또 메시지
보내는 걸로
고민하고
있다니….
이렇게
불안하고
답답한 마음으로
계속
고민하고…
깜짝
아아아악
그래도!!!
벌떡
으으
네에….
고민하는 건 저뿐이고
상대방은 저에 대해
아무 생각도 없을 텐데…
저만 바보된 것 같고….
여러 가지로
귀찮아서
이제 그만하자는
마음이 들어요.
연애라는 게
이렇게나
힘든 거군요.
멋대로
이별을 결정하는 건
공백기 여성의
전매특허!

상대방이
어떤 상황인지도
모르면서 혼자 고민하고
결론 내는 건
너무 아까워요.
단지 일이
바빴을 뿐인데도
'내 주제에 무슨 연애!'
이런 생각 많이 하죠?
그렇게 끝내버린
사랑도 분명
많을 거예요.
움찔
헛
'괴롭다' '귀찮다'
'이만하면 됐다'
이런 말에 지면 안 돼요!
게임 종료, 아니
게임 포기라고요!
그런 식으로
많이들
포기하셨어요!
전매..
뭐요?
….
내일을
바꿀 수 있는 건
지금의
나뿐이라고요!
좀 괴로울 수도
있지만
지금 노력해야
미래가 밝아질 수 있어요.
냉정하게 들리겠지만
사실이에요.
그렇게 생각해야만 현실에
충실할 수 있어요.
띠로링
답장이
왔어요!
오~
우왓!
뭐라고
왔어요?
'일 때문에 답장이
늦어서 미안해
(>ㅁ<;)
시간 되면
다음 주에 한잔할까?'
라고….
거 봐요~
그 사람도 생각하고
있었잖아요~
흐뭇
흐뭇

혼자 고민하고
초조해하고… 하루하루
다른 기분에 휘말려
불안해하고…. 사랑에
빠지면 흔히 있는 일이에요.
조금 전까지 답답하고
어지러웠는데
지금은 신기할 정도로
좋아졌어요.
아… 네.
빨리
답장해요,
답장. ♡
네. 정말
고맙습니다!
얼마든지 이야기
들어줄 테니까
답답하고
어지러우면 언제든
찾아오세요!
병에
걸렸으니까요
사랑의
열병이라는 말도
있잖아요. ♡
불안한 건
당연한 거예요.
다음 약속을
또 안 잡아주면
어떡하죠? 어머…
다시 어질어질~
좋아하는 마음을
잘 이야기할 수
있을지 불안해서…
앗! 아니에요.
다음 주
기대되겠네요.
데이트~ ♡
좋겠당~

만나면….
조금 전에 얘기한
'보고 싶다'는 그 마음을
기억하세요!
그분 만나고 싶잖아요?
괜찮아요?
뒤죽박죽 엉킨
생각들을 뻥 차버리세요!
일단 만나지 않으면
시작할 수 없다고요!
흐응
꽈악
상대방 마음이
어떻든지 간에
내 마음이
먼저예요!
괜찮아요!
제대로 전할 수 있게
변할 거니까요. ♡
보고 싶고…
만나고 싶어요.
그럼 다음에
만날 때
그 마음을
전하세요!
술도 밥도
맛있었어~
나중에
또 가자.
그래.
완전
배불러~
그리고
1주 후
덜컹
덜컹
언제든지
찾아오세요~
고맙습니다!
데이트
잘하고
올게요. ♡
어지러우면
또 올게요
그래! 괜찮아!
왠지 할 수
있을 것 같아요!
벌떡

저기
그래!
솔직하게
내 마음을
전할 수 있는
보고 싶다는
마음을
소중히 여기고
그런
내가
될 거야!
역시
또 만나고
싶어….
음
역 이쪽이다.
나… 있지….
너랑 계속
만나고 싶어.
다음에 내가
좋아하는 가게에
같이 가지 않을래?
운명 포인트 7.
솔직하게
내 마음을 표현하자!
CLEAR!

멋대로 이별을 결정하는
당신을 위한 팁!

point 1 혼자 생각하고 혼자 결정짓지 말자

상대의 상황이나 기분을 모르는 상태에서 마음대로 결심하고 판단하는 것은 위험하다! 상대의 마음이 궁금하면 솔직하게 물어보고 확인할 수 없는 부분은 가볍게 생각하자.

point 2 혼자서 고민하지 말고 누군가에게 털어 놓자

그래도 깊이 생각하게 된다면 우선 누군가에게 속마음을 털어놓자. 그러는 동안에 머릿속이 개운하게 정리되고 고민도 옅어질 것이다.

point 3 지금의 기분을 소중히 여기고 '오늘'을 살자

일어나지도 않은 일을 걱정하기보다는 '지금 노력하면 미래는 밝다!'고 믿고 한걸음씩 앞으로 나아가 보자. 지금의 노력이 꿈꾸던 미래를 만들 것이다.

헤헷
아직도 어질어질 하세요?
어머나!
분명히 좋은 기회가 있을 거예요. ♡
그렇겠죠? 으응?
흐음 운명의 만남은 대체 언제…
소금
점
사귀기로 했어요!
그렇게 말하고 바로 다음 주에 데이트를 했어요. 그때 고백받았어요. ♡
부끄
부끄
네? 남친이요?
하지만 아무리 어지러워도 남친에게만큼은 제대로 전할 거예요.
네! 이제 다시 엄청나게 휘몰아칠 것 같아요.
점술가여서 다행이야!
정말 기뻐요~
성공! 남자친구가 생겼군요!
정말로 축하해요!
그때 제 마음을 솔직하게 표현해서 정말 다행이에요!
고마워요
그 친구도 저에 대한 마음이 있었지만 어떻게 해야 할지 잘 몰랐던 것 같아요. 제가 먼저 보고 싶다고 하니까 자신이 생겼다고…
좋아!
고백하는 거야!

★★★ 종합 ★★★

타입별로 보는 운명 포인트!

type.1

연애 감정을 모르는 여성

연애 조력자를 찾아라!

친구나 지인 중에서 연애 상담을 해 줄 수 있는 파트너를 찾아보자!

type.2

언제나 준비 부족인 여성

항상 스스로를 가꿔라!

만약의 상황에서 도망치지 않도록 항상 자신을 가꾸자!

type.3

연애 타이밍을 놓친 여성

복잡한 생각은 그만! 흐름에 맡기자!

사랑은 억지로 한다고 되는 게 아니다. 자연스러운 감정의 흐름에 맡겨보자!

귀찮은 것투성이의 건어물녀

자기 자신을 몰아세워라!

귀찮다는 말은 당분간 금지! 방치해온 나의 매력을 되찾아 보자!

type.5

아직 연애할 마음이 없는 여성

5년 후의 모습을 상상하며 진심으로 결심해 보자!

진지하게 마음을 열고 각자의 상황에 맞게 노력해 보자!

type.6

언제나 짝사랑만 하는 여성

지금 서 있는 곳에서 한 걸음만 옮겨 보자!

상상에서 빠져나와 현실을 직시하자.
그리고 용기를 내어 현실 세계의 그에게 다가가 보자!

type.7

멋대로 이별을 결정하는 여성

솔직하게 내 마음을 표현하자!

말하지 않으면 상대의 마음을 알 수 없다. 그건 상대도 마찬가지!
솔직한 대화를 통해 서로의 마음을 확인하자.

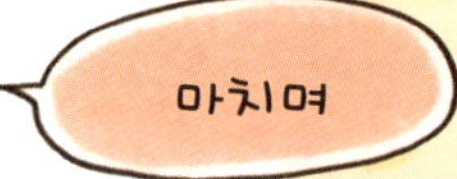

『나도 연애할 수 있을까?』를 읽어주셔서 감사합니다.
그동안 많은 여성분들의 점을 봤습니다. 그만큼 다양한 이야기를 듣게 되었는데요, 생각했던 것보다 훨씬 더 많은 분들이 연애 문제로 고민하고 있었습니다. 그분들은 하나같이 "저는 다른 사람들과 뭐가 다른 걸까요?"라는 질문을 했습니다. 이 말에 이끌려 연애하는 사람과 하지 않는 사람, 결혼한 사람과 하지 않은 사람은 뭐가 다른 걸까를 생각해 보았습니다. 그리고 그것이 이 책을 쓰는 계기가 되었습니다.

인생이 바뀌는 기회는 누구에게나 있습니다. 연애를 하는 사람과 하지 않는 사람, 결혼한 사람과 하지 않은 사람은 그 기회를 잡았느냐, 놓쳤느냐의 차이일 뿐이죠. 많은 여성분들이 운명의 기회를 놓치곤 했습니다. 혹은 그 기회를 알아채고도 자신이 없어서 바라만 보다가 결국 한 걸음도 나아가지 않고 지쳐서 그만두는 경우도 많았습니다.

"그래도 연애하고 싶어요!"

이토록 간절한 소망을 대할 때마다 어떻게 조언해야 할지 고민하고 이번에야말로 기회를 꽉 붙잡아 인생을 바꿀 수 있도록 더 깊이 파고들겠다는 마음으로 점을 봤습니다. 그 결과 많은 분들이 운명의 상대를 만나 연애 공백기를 졸업했습니다. 감사하다고 찾아온 그분들을 보면서 단 한 걸음이라도 발을 떼고 움직여야 운명이 바뀐다는 것을 깊이 실감했습니다.

저 역시 제대로 일이 풀리지 않으면 마음이 불안해져서 고민을 하게 됩니다. 하지만 아무것도 하지 않으면 이 상황에서 벗어날 수 없다는 것을 알기에 어떻게든 한 걸음 나아가려 노력합니다. 이 책에서 소개한 연애 공백기에서 벗어나 새로운 인생을 맞이한 분들의 이야기를 통해 내 인생에서 진정으로 소중한 것이 무엇인지 깨닫고 스스로를 좀 더 사랑하는 여러분이 되길 바랍니다. 저 역시 지금보다 나아지기 위해 노력하겠습니다.

마지막으로 언제나 따뜻한 말로 힘이 되어주는 담당 편집자 마츠다 씨와 귀여운 디자인으로 책의 매력을 높여준 치바 씨 감사합니다. 그리고 이 책을 읽고 있는 여러분, 정말 고맙습니다. 이 책이 독자 여러분의 새로운 기회이자 운명 포인트가 된다면 정말 기쁠 것 같습니다!

우노 타마고

역자 후기

저의 최장 연애 공백기는 7년이었습니다. 그 시절 저의 유일한 낙은 퇴근 후 야식과 함께 미드 <섹스 앤 더 시티>를 반복 정주행하는 것이었죠. 늘 당당하고 세련미 넘치던 뉴욕 언니들도 사랑 앞에서 한없이 작아지는 모습에 위안을 받곤 했습니다.

8년 전 지금의 남편을 만났을 때 가장 열광하던 친구들은 모두 결혼한 친구들이었습니다. 괴성을 지르며 소녀처럼 질문을 쏟아내던 그녀들은 이제 갓 연애를 시작했을 뿐인 저를 한없이 부러워했지요. 운명의 상대를 만났으면서 설렘까지 바라다니. 인간의 욕심은 끝이 없다고 생각했습니다.

이 책의 주인공들은 모두 각각의 패턴을 깨고 한 걸음 나아갑니다. 그녀들의 성장을 지켜보며 어느새 부러워하고 있는 저 자신을 발견합니다. 아직 혼자라는 것은 어딘가에 짝이 있다는 것이고, 그건 그 자체만으로도 충분히 멋진 일이라는 것을 이제는 알기 때문입니다. 숨 막히게 어색한 첫 만남, 서로를 알아가는 가슴 뛰는 과정들… 저에게는 이제 없는 (없어야 할) 장면이니까요.

이렇듯 저만의 로맨틱 무비는 클라이맥스를 넘었습니다. 그리고 누군가의 영화는 아직 시작되지 않았습니다. 반복되는 광고는 지루하지만 분명히 끝이 있으니 기다리면 됩니다. 기다리는 것만으로 안 될 것 같다면 약간의 준비를 하면 되겠죠. 휴대폰을 점검하고, 화장실도 다녀오고, 맛있는 차 한잔을 곁에 둬 보세요. 더욱 즐겁고 편안한 시간이 시작될 것입니다.

이주영

아무리 내가 점술가여도

친구들이
내 걱정을
합니다.
남의 연애만
봐 주지 말고
너도 연애 좀 해!
으윽
자기 연애도
야무지게 할 거라
생각하시지만….
수많은 연애 상담을 하며
조언을 하고 좋은
타이밍을
알려주다 보니
점
운명의 남자는
대체 어디에….
흐음
저의 연애운은
전혀 알 수
없습니다!
이봐 손금들!
점괘가 없어!
그럼 그럼.
엉엉 내 말 좀
들어줘
필사적이군
할아버지 제
인연은요!
친구에게 상담 중
점 보는 중
그래서 저 역시
여러분과
똑같이
매일 매일
고민하고
허둥지둥
살고 있어요.

저도 운명의 사람을
찾을 수 있도록
노력할게요
멍멍!!

나도 연애할 수 있을까?

지은이 우노 타마고
옮긴이 이주영
초판 1쇄 인쇄 2017년 1월 3일
1쇄 발행 2017년 1월 10일

발행처 이야기나무
발행인/편집인 김상아
아트디렉터 박기영
기획/편집 박선정, 김정예
홍보/마케팅 한소라, 김영란
디자인 이든디자인 오성희
인쇄 중앙 P&L
등록번호 제25100-2011-304호
등록일자 2011년 10월 20일
주소 서울시 마포구 양화로 10길 50 마이빌딩 5층 (04047)
전화 02-3142-0588
팩스 02-334-1588
이메일 book@bombaram.net
홈페이지 www.yiyaginamu.net
페이스북 www.facebook.com/yiyaginamu
블로그 blog.naver.com/yiyaginamu

ISBN 979-11-85860-27-5 17830
값 12,000원

이 도서의 국립중앙도서관 출판예정도서목록(CIP)은 서지정보유통지원시스템 홈페이지(http://seoji.nl.go.kr)와 국가자료공동목록시스템(http://www.nl.go.kr/kolisnet)에서 이용하실 수 있습니다.(CIP제어번호:2016031743)